KB063021

신강화학파 12분파

b판시선 013

하종오 시집

신강화학파 12분파

도서출판 b

농촌에선 주민들과 만물이 제각각의 기운으로 산다. 서로 무너뜨리거나 서로 일으켜 세우고, 홀로 무너지거나 홀로 일어난다.

동물들은 그것을 아는 것 같다.

이 시집에 등장하는 12동물은 특별한 상징이 아니라, 내가 주변에서 자주 보는 것들일 뿐이다.

나는 그들을 '신강화학파 12분파'로 지칭하면서 '신강화학파 12분파'를 통하여 허상을 보여줌으로써 실상을 느끼게 하거나 알게 하는 시를 생각했다.

시란 어떤 시든 그런 허상이 행간에 내재되어 있지 않을까, 하는 생각도 했다.

시 쓰는 법과 살아가는 법이 다르지 않다는 걸 '신강화학파 12분파'한테서 본다.

강화 넙성리에서

하종오

| 차 례 |

신강화학파 12분파 서설^{序說}

시 한 편 쓸 절묘한 낱말을 구하러 돌아다니다가
이규보 옹을 만나 햇빛을 같이 받았고
이건창 옹을 만나 바람을 같이 맞았다
이구동성으로
요즘 자칭 신강화학파 분파들이
이곳저곳에서 생겨나
햇빛을 차지하고 바람을 감춘다고 했다

가만 생각해 보니
그 무리들을 수소문해 잘 사귀면
시 한 편은 가뿐하게 탈고하겠다 싶어
집에 돌아와 창문 밖을 내다보던 날
평소 마주쳐도 알은체하지 않던
들개와 들고양이와 고라니와 참새와 까치와 왜가리와
지렁이와 개구리와 붕어와 꿀벌과 매미와 개미가
떼로 몰려와 사람 말소리로 떠들어대기에
얼떨결에 공책에 다 받아 적고 나서 읽어보니

퇴고할 데 없는 시 한 편이었다
시쳇말로 한번 시인이면 영원한 시인인 이곳에서
그날부터 그 무리 하나하나를
신강화학파 분파로 인정하지 않을 까닭이 없었다

시 한 편 완성한 사정을 자랑하려고
이규보 옹을 찾아가 보여줬더니 햇빛에게도 읽어주라 했고
이건창 옹을 찾아가 보여줬더니 바람에게도 읽어주라 했다
이구동성으로 한 말씀 더하기를
상상컨대 자칭 신강화학파 분파들은
몸을 놀리면 이미지가 되고
울음을 울면 리듬이 되고
눈을 부라리면 메타포가 되겠으니
그 무리들과 한통속으로 어울리면
불세출의 시인이 되겠다고 했다

천천히

겨우내 유리창으로 빈들 빈산을 내다보다가
우수 지난 날 집을 나섰다
천천히, 걸으면
벼 그루터기들이 스르르 다가와서
팔짱을 끼며 논둑으로 돌아서 가자 했고
천천히, 천천히, 걸으면
나목들이 우르르 몰려와서
어깨동무를 하며 산등성으로 올라서 가자 했다
나는 낯선 곳들을 밟으려 한다면서
벼 그루터기들을 논바닥으로 돌려보냈고
나는 낯선 사람들을 만나려 한다면서
나목들을 기슭으로 올려보냈다
모롱이에서 만난
고라니는 네 다리를 줄 테니
같이 뛰어서 가자 했으나
발짓으로 거절하고
내 발걸음으로 걸었고

저수지 가에서 만난
철새는 날갯짓을 줄 테니
같이 날아서 가자 했으나
손짓으로 거절하고
내 팔을 흔들며 걸었다
고샅길들이 와르르 뒤따라와서
가까운 마을로 들어가자 해도
천천히, 천천히, 천천히, 멀리까지
걸어서 갔다가 집에 왔다
곧 경칩이겠구나

신강화학파 고라니 분파

봄눈 내리는 한밤중에 잠 깨어
오줌 누러 한데로 나왔더니
텃밭에서 마른 고구마줄기를 먹던 고라니들이
나를 데면데면하게 바라보며 신강화학파냐고 물었다

일찍이 고라니들이 무리지어 마을로 들어와
신강화학파 주류라고 자처하는 토박이 출신들을 얕잡아
보고
농사지은 채소를 싹 뜯어먹었단 소문도 있었고
신강화학파 비주류로 내둘리는 외지인 출신들을 우습게
보고
가꾸어놓은 잔디밭을 짓이겼단 소문도 있었고
짐승 처지에 사람에게 눈 내리깔 정도라면
신강화학파로 인정해야 한다는 공론도 있었던바
나는 봉변당하고 싶지 않아 아무런 대꾸도 하지 않았다

내가 오줌을 다 누자

고라니들이 고구마줄기로 허기를 면했는지
고개 숙여 고맙다는 인사를 하곤
봄눈 내리는 이 밤에도
양식 못 구하는 이웃이 있다는 걸 알고
텃밭에서 덜 거둘 줄 알아야
진짜 신강화학파라고 말한 뒤
머리를 쳐들고 사라졌다
나는 진저리를 한 번 쳤다

따지기때

한 주민이 텃밭에 빽빽하게 기른 지 몇 년
산수유들이 가을에 잎을 떨어뜨리자
이웃노인이 다 캐 팔아 술 먹자고 졸라대면서
나무는 잘 사는 집에 정원수로 심겨서
꽃 피울 권리가 있다고 주절거렸다

가지치기를 당하지 않아도 불평하지 않고
밀생하는 산수유들을 위하는 척하며
술로 심심파적하려는 이웃노인의 속생각을
한 주민이 모르는 척
앞산을 바라보던 겨울에
이웃노인은 노환으로 죽어
산자락 잡목들 사이 빈자리에 묻혔다

한 주민이 이웃노인의 적막한 유택 옆에
산수유 묘목 한 그루 심어주고 싶어
삽을 찾아 들고 텃밭에 들어갔다가

산수유들 꽃망울 터뜨리는 소리에 밀려 나왔다
사방팔방에서 봄이 따스해졌다

신강화학파 참새 분파

마당에서 울타리를 둘러치는 나에게
참새 서너 마리가 신강화학파라면서
같이 뛰어놀자고 종종거렸지만
손을 저었더니
울타리가 참새 떼 되어 와글거렸다

텃밭에서 갈아야 할 고랑을 꼽아보는 나에게
참새 서너 마리가 신강화학파라면서
같이 노닥거리자고 짹짹거렸지만
고개를 흔들었더니
고랑이 참새 떼 되어 왁자지껄했다

산기슭에서 나무에 움돋는지 살펴보는 나에게
참새 서너 마리가 신강화학파라면서
같이 허공을 채우자고 파닥거렸지만
발을 굴렀더니
나무가 참새 떼 되어 솟구쳤다

내가 가는 곳마다

참새가 떼를 지어 다가와서

나에게 다 같이 날아다니자고 하기에

나도 참새 한 마리가 되어

높이높이 올라가 내려다봤더니

울타리와 고랑과 나무는 보이지 않고

날개 없는 사람만 많이 보였다

신강화학파라 자처하는 참새와 어울리다가는

울타리와 고랑과 나무 곁에 머물지 못하겠단 생각이 들어

나는 도로 땅에 내려와 사람이 되었다

돌을 주워 와 자투리땅을 덮다

우리 집 옆댕이 자투리땅
갈아서 씨 뿌리면 살펴야 하고
묵혀서 풀이 돋아나면 매야 했다
그 짓거리 하지 않으려고
잔머리 굴리던 봄날,
이웃이 고랑에서 돌을 골라서
밭두렁에 아무렇게나 던져 놓기에
손수레에 싣고 와 자투리땅을 덮었다
더 거두기 위해
두둑에 거름 주는 일을
해마다 가장 먼저 하는 이웃에겐 눈치 보이고
채소와 마찬가지로 이슬과 햇볕을 받을
풀에겐 미안하지만
씨 뿌리기도 하기 싫고 풀매기도 하기 싫어서
돌을 잔뜩 주워와 덮은 것이다
늘 급한 볼일이 생겨
집 비우기 일쑤인 처지에

올해 할 일을 조금 줄였다는 생각이 들어
한결 마음이 가벼웠다

신강화학파 까치 분파

이규보 옹에게 문안 여쭈러
길직리 유택을 찾아갔더니
요즘 까치들이 수시로 몰려와서
신강화학파의 언행을 시시콜콜 전하니
마음 편할 날이 없다고 말했다

내가 들은 소문에도
이 마을 저 마을에서
토박이 출신 신강화학파 주류가 덜 뿌리고 더 거두도록
새들을 쫓아내야 한다고 주장할 때마다
외지인 출신 신강화학파 비주류가 더 뿌리고 덜 거두어서
새들을 가까이해야 한다고 주장할 때마다
까치들이 마구 우짖었다는 것이다

작품을 써서 묻어두기 일쑤인 이규보 옹이
허구한 날 시를 발표하는 나를
신강화학파로 여겨서

까치들의 고자질을 앞세워
불편한 심기를 드러내는가 싶다가도
이토록 이규보 옹이 귀를 기울인다면
까치들이 신강화학파를 이룬 게 틀림없다는 생각을 했다

내가 넙성리 조립식주택에 돌아와서
까치들에게 말을 걸어보려고 하는데
나를 거들떠보지도 않고 날아다녔다

집 안에서 멀리 빈 논을 내다보다

집 안에서 멀리 빈 논을 내다보면서
지난해 논물과 개구리 울음과 벼를 떠올리며
내가 올해도 똑같이 가득하기를 바랄 때
누군가 논둑에 들어가 섰다
이 농한기에 들녘에 나온 농부라면
미리 농사일을 걱정해서일 테고
이 해토머리에 들길을 찾아온 외지인이라면
들판에서 자신을 알고 싶어서일 테다
남은 생을 건디는 외지인이 아니라
농사철을 기다리는 농부이기를 바라는데
누군가 두 손을 쳐들어 흔들었다
집 안에서 멀리 빈 논을 내다보면서
겨우내 하루에도 몇 번씩
포만감과 허기증에 시달리는 나에게
수신호를 따라해 보라는 것 같았다
손짓 한 번 하니 벌써 논물이 흘러들고
손짓 두 번 하니 벌써 개구리 울음소리가 나고

손짓 세 번 하니 벌써 벼가 익어 다 걷혔다
올해도 양껏 먹을 식량을 마련하려면
누구하고든 잘 지내야겠다 싶어
나도 두 손을 쳐들어 흔들었다

신강화학파 고라니 분파와 울타리

고라니들이 잡목들 사이에서
늙어 힘겨워하면서도
밭에 둘러쳤던 울타리를 손보는
신강화학파 주민들을 바라보고 있었다
아직 농사철이 시작되려면 멀었는데
벌써부터 자신들을 막으려는 수작으로 본
고라니들이 황당해하고 있었다
나는 자드락길에서 산책하는 중이었다
고라니들이 부루퉁해서
사람들의 밭에 들어가기는 해도
먹을 만큼만 먹고 남길 만큼은 남기는데
울타리를 튼튼히 하는 건
신강화학파 주민들답지 않게
소유지를 지키려는 짓이 분명해 보여
상종할 수가 없다고 말했다
내가 잠시 머뭇거리다가
신강화학파 주민들에게 가서

직접 대화해서 울타리를 허물든가,
고라니들도 자신들을 신강화학파로 여긴다면
사람들이 밭에 들어오는 고라니들에게
줄 만큼은 주고 가질 만큼만 가지려고
울타리를 둘러친다는 걸 알아야 한다고 말했다
잠시 생각을 해보던 고라니들은
신강화학파 주민들이 마을로 돌아가자
나에게 더 이상 말을 하지 않고
잡목들 사이에서 떠났다
나는 내처 자드락길에서 산책하였다

자물통

문엔 망가진 자물통
방 안엔 펴진 이부자리
부엌엔 설거지하지 않은 그릇들
마루엔 가득 찬 휴지통

겨우내 비워둔 시골집
봄에 와서 둘러 본
쥔부부는 궁금해 했다
훔쳐갈 물건이라곤 없고
보일러가 고장 나 방고래도 찬데
누가 머물렀을까

쥔아저씨는 이부자리를 개켜놓고
쥔아주머니는 그릇들을 씻어놓은 뒤
휴지통을 뜰 앞에 내다놓고
자신들이 버린 적 없는 잡동사니를 꺼내 태웠다

자물통을 새로 달아야 할지
잠시 설왕설래하던 쥔부부는
잠자리가 필요할 누군가 쉽게 드나들도록
그대로 놔두고 시골집을 떠났다

신강화학파 까치 분파와 감나무

나는 감나무 성목成木 두 그루를
신강화학파 농원에서 사다가 뜰에 심고는
한 감나무는 며느리를 소유자로 정하고
다른 감나무는 딸을 소유자로 정했다
그날부터 까치들이 날아와 가지에 앉아
잎 돋기를 기다리는 듯했고
잎 돋으니 감꽃 피기를 기다리는 듯했고
감꽃 피니 감 달리기를 기다리는 듯했으나
풋감이 달리자마자 내가 모조리 따서 버렸다
강화의 햇빛과 바람을 잘 견디는 품종만 키운다는
신강화학파 농원에서 주의를 주기를
감나무가 제자리 잡으려면 한 일 년 걸리는데
이식한 첫해에 홍시 열리게 하면 기운이 달려서
오래 살지 의문스럽다고 했기 때문이다
올해엔 까치밥을 기대할 수 없겠다고 여겨선지
그날부터 까치들이 보이지 않다가도
분가한 며느리가 다니러 온다는 소식이 있는 날엔

한 감나무 가지에 몰려와 앉아 마구 우짖다가 갔고
시집간 딸이 다니러 온다는 소식이 있는 날엔
다른 감나무 가지에 몰려와 앉아 마구 우짖다가 갔다
다만 신강화학파 농원에서 말 안 해준 게 있었으니
까치들은 내 심경을 좀 아는 신강화학파라는 사실,
나는 까치들이 날아드는 때를 보고 알아차렸다

산벚나무 숲

전원생활 하러 온
초로의 부부가 데면데면 걷다가
산벚나무 그늘에 들와서
슬쩍, 손잡자
벚꽃들이 화르르 화르르 피어났다

늙은 부모한테 돈 받으러 온
중년의 형제가 불퉁거리며 걷다가
산벚나무 그늘에 들와서
덜렁, 어깨동무하자
벚꽃들이 스르르 스르르 흩날렸다

교과서 들고 현장 답사 온
젊은 부모와 어린 자식이 걷다가
산벚나무 그늘에 들와서
사부작, 부녀가 껴안자
사부자, 모자가 껴안자

버찌들이 더더귀더더귀 달렸다

하늘과 햇빛을 즐기러 온
청춘의 남녀가 천천히 걷다가
산벚나무 그늘에 들와서
와락, 키스하자
버찌들이 투두둑 투두둑 떨어졌다

신강화학파 참새 분파의 울음소리

왕벚나무 아래서
버찌 술을 마시던 이건창 옹이
내가 찾아가자 반색하더니
참새들이 써서 읽는 현대시를 들어봤냐고
대뜸 물었다

내가 사는 넙성리에서
이건창 옹이 사는 사기리까지
몇 십 리 걸어오는 내내 들리던 현대시가
참새들의 낭송소리였단 말인가
말소리로만 들렸을 뿐
도무지 내용을 알 수 없어
계속 갸웃거리며 온 길이었다
그 많은 참새들이 떠들고 다니면서
저마다 보았던 사물에 대해
한꺼번에 제멋에 겨워 쓴 현대시를
한꺼번에 제멋에 겨워 읽어댔으니

뭔 내용인지 알 수 없는 건 당연했다

왕벚나무 아래서
이건창 옹에게 버찌 술을 따라 올리고
내가 한 잔 받아 마시려고 할 때
참새들이 몰려와 가지에 앉더니
현대시를 낭송하는데
가까이서 들어봐도
여전히 알 수 없는 내용이었다
이건창 옹이 듣다 말고는
큰 소리로 한시를 읊기 시작했다

오며 가며

담이 없는 우리 집 화단에
아내가 구근들을 심던 지난해
산 너머 부락에 사는 중년여자가
지나가며 본 척도 않더니
백합꽃들 벌어져 진한 향기 뿜으니
오며 가며 코를 벌름거렸다
구근들에서 촉이 올라온 올해
산 너머 부락에 사는 중년여자가
화분에 심어놓고 볼 수 있도록
한 뿌리 주면 안 되겠느냐고 묻기에
아내한테 물어보고 주겠다고 대답하고
나는 몇 날 며칠 영 잊어버리고 지냈는데
몰래 누군가 꽃삽으로 여러 뿌리 떠 갔다
구근들이 흙 속에서 새 알뿌리를 냈는지
자꾸 새 촉을 뾰족하게 돋아내니
아내는 한 뿌리쯤 아낄 일도 아니었는데
공연히 도둑을 만들었다고 나무랐고

산 너머 부락에 사는 중년여자가
나를 만날 때마다
한 뿌리 주면 안 되겠느냐고 묻기에
아내한테 물어보고 주겠다고만 대답했다
백합꽃들 벌어져 진한 향기 뿜으니
산 너머 부락에 사는 중년여자가
오며 가며 코를 벌름거렸다

신강화학파 들개 분파

네 다리로 뛰는 들개들이
나를 보고 짖어댔다
그때 나는 들길로 나가면서
과연 두 다리로 걸어야만 인간인지
의문하고 있었다

그간 많이 움켜잡았던 두 손으로
오늘부턴 땅바닥을 밟아야 할지…
그간 오래 껴안았던 두 팔뚝으로
오늘부턴 땅바닥을 짚어야 할지…
그간 높이 쳐들었던 두 주먹을
오늘부턴 땅바닥에 내려놓아야 할지…

내가 들길에 서서 고민하면서
들개들에게 손짓발짓하니
갑자기 들개들이 두 다리로 걸어서
나에게 다가와 악수를 청하고는

인간의 목소리로 말을 했다

신강화학파로 자처하는 인간들은
두 다리로 걸어 다니는지라
네 다리로 뛰는 들개들과 안 놀려고 하는데
귀하는 우리와 맞상대하려는 몸짓을 하는군요
우리가 두 다리로 걸을까요
귀하가 네 다리로 뛰렵니까

덩굴손

둑에서 물가로 내려가는데
덩굴풀이 나를 붙잡기에
뿌리치고 내처 걷고 나서
팔뚝에 난 생채기를 발견했다

일 년 넘도록 물 구경하러
둑에서 물가로 오르내리던 어느 날
덩굴풀이 나를 붙잡기에
멈춰 서서 살펴봤더니
생채기가 생긴 그 팔뚝이었다

비로소 덩굴풀 덩굴손이 내 팔뚝을 긁었다는 걸 알고는
그 영문을 곰곰 생각해 보았다
나에겐 줄기가 없었으니
같이 바람에 흔들리자는 뜻이 아니었을 것이다
나에겐 뿌리가 없었으니
같이 바닥에 붙박이자는 뜻이 아니었을 것이다

나는 잎이 없었으니

같이 사람에게 그늘을 만들어주자는 뜻이 아니었을 것이다

신강화학파 참새 분파의 고요

스스로 신강화학파라고 일컫는 참새들이
수다를 떨다가도
꽃 피는 소리를 들을 땐 입 다문다고
나에게 털어놓았다
그러고 보니 시끄럽게 떠들던 참새들이
갑자기 조용해지던 순간을
여러 번 겪은 적 있는데
그때마다 내가 꽃 피는 소리를 듣느라고
귀 기울이던 때인 것 같았다

참새들은 가느다란 목소리로
산수유 꽃이 필 땐 눈이 시리고
감꽃이 필 땐 다리가 떨리고
밤꽃이 필 땐 날개가 퍼진다고 했다
나는 가만히 생각해 보니
산수유 꽃이 필 땐 가지를 응시하고 싶고
감꽃이 필 땐 그늘 밑에 서 있고 싶고

밤꽃이 필 땐 우듬지로 오르고 싶었다

어떤 날엔 아예 꽃 피는 소리로
종일 수다를 떠는 날도 있다는 참새들은
고요를 즐기는 신강화학파이기 때문에
가능하다고 덧붙였다
그런 일은 남을 이해하기 위해
침묵할 줄 안다면 누구나 다 할 수 있다고
내가 말하자
참새들이 쩩, 쩩, 쩩쩩거리며 흩어졌다

흙 도둑

산비탈에 지어진 낡은 집에
장마 때면 흙탕물이 쓸려와 덮쳐
뒤란의 밭에 둑을 높게 쌓아 놓고
쥔사내가 산 지 십수 년
금년 봄날엔 밭고랑을 갈지 않고
꽃구경하러 다니다 오니
누가 그 밭둑을 싹 긁어 싣고 갔다
고추에 달린 풋고추도 도둑맞아 보고
감나무에 열린 감도 도둑맞아 보았지만
잡풀들이 움켜쥐어 딴딴해진 흙을
굴삭기로 퍼 훔쳐가는 놈이 있다니!
흙 도둑놈이 있다니!
쥔사내는 아연 실색했다
황토를 적재함에 실은
흙 도둑놈은 트럭을 운전하며
재산이 늘어난 포만감에 웃었을까
흙 짓이겨 찍은 벽돌로 안벽을 쌓은

황토방에 군불을 지펴놓고
곤히 잠들어 무병장수를 꿈꿀까
아니, 흙도 돈 주고 사야 해서
농사로 빚만 잔뜩 진 이웃이
복토해서 풍작한 뒤 농한기가 오면
도로 갖다놓으려고 몰래 가져갔을 것이다
쥔사내는 이렇게 생각을 마무리하고서야
뒤란의 밭을 뒤집으려고 삽을 찾아 들었다

신강화학파 꿀벌 분파

신강화학파라며 우쭐대는 주인이
집 밖을 나돌아 다니니
꿀벌들이 벌통을 빠져나와
나를 찾아왔다

주인은 오늘도 분명히
강화에 귀농한 주민들을 만나
흙에 따라 씨를 뿌리는 법과
햇빛과 바람을 가려 쉬는 곳과
농기구 잘 다뤄야 하는 때를 담은
신강화학에 관해 설이나 풀 뿐,
꿀벌들 자신들에게
꽃잎이 가장 아름다운 나무는 언제 꽃피우는지
꽃망울을 오래 달고 있는 나무는 어디 있는지
꽃향기를 떨어뜨리지 않으려고 나무는 무얼 하는지
결코 가르쳐주지 않는다고 분통을 터뜨렸다

나는 주인한테 꿀을 받아먹은 적이 있어
한 쪽 역성만 들 수는 없었으나
주인이 진정한 신강화학파라면
가솔이 불만을 가지지 않도록
날마다 먼저 챙기는 게 맞다고 운을 뗀 뒤
오히려 주인이 간섭하지 않으면
꿀벌들이 입맛대로 꽃을 찾아다닐 수 있으므로
더 편하다는 말로 달래어
벌통으로 돌려보냈다

나중에 들으니
주인이 신강화학파로서
언행이 합당치 못하다는 이유로
꿀벌들이 떼 지어 벌침을 쏘아
아예 거동하지 못하게 했다고 한다

폐교

아들딸들이 다녔던 초등학교가
폐교된 지 오래 되었다
학교로 이어진 논둑밭둑에
잡초가 빽빽하다
이제 부락민들은 풀잎을 뜯으며
앞서거니 뒤서거니 다니는
형제나 자매를 구경할 수 없다
아들딸들이 논둑밭둑을 걸어
등하교했을 적에
논밭이 뒤따르는지도 모르면서
양팔을 휘저어
제자리에 주저앉히던 광경을
부락민들은 마당에 서서 바라보며
얼마나 만족스러워했던가
무작정 걸어다녀도
막다른 골목이 없어 막막하지 않고
언제나 집과 논밭으로만 이어져 있어

어디로 가도 끝없이 가기만 하면
영락없이 귀로歸路가 되는 논둑밭둑에는
이제 귀가하는 학생 한 명도 없다
폐교를 둘러싼 잡목숲에서
어린 나무들이 우르르 몰려나와
논둑밭둑을 뛰어넘어 산으로 내달리고
거기 부딪쳐 부락민들은 휘청거린다

신강화학파 들개 분파의 하룻밤

이규보 옹이 나를 찾아온 밤엔
들개들이 잘 짖어서 알려주니
내가 시 한 편 써서
맞이할 채비를 하지만
내가 이규보 옹을 찾아가는 밤엔
절대로 짖지 않는다
들개들은 나를 미행하여 거처를 알아둔 뒤
답답할 때 울부짖으며
대시인을 찾아가서 시 한 편 얻어다가
그토록 배우고 싶은 사람의 말소리를
하룻밤에 다 배울지도 모른다는
상상을 해보면서,
그러나 대시인은 사람의 말소리보다는
개소리로 대화를 나누면
들판에 울려 퍼져서
달빛 타고 높이 오르고
밤바람 타고 멀리 갈 테니

그걸 시 한 편으로 여기리라고 속짐작해본다
내가 이규보 옹을 찾아가는 밤에도
들개들이 잘 짖어서 알려준다면
이규보 옹이 시 한 편 써서
맞이할 채비를 하지 않을까 싶어진다

그러니까

물도 거름도 준 적 없으면서
갈에 열매 익기만 기다렸다가
벌레와 새보다 먼저 다 따먹던 나를
나무는 음흉한 인물로 보고 있나보다
그러니까 그늘 옮겨가 나를 뙤약볕에 그을게 하지

태워야 잘 자란다는 핑계로
겉에 불 놓고 쬐던 나를
풀밭은 심술궂은 인물로 보고 있나보다
그러니까 벌레들 모아 나를 물어뜯게 하지

겨우내 배고픈 새들이 풀씨 쪼아먹은 줄 모르고
봄이면 여기저기 돋아나 꽃피우기를 기다리던 나를
땅은 욕심 더 부릴 인물로 보고 있나보다
그러니까 메말라서 내 밭농사를 망쳐 놓지

나무와 풀과 땅이 나에게 성질부리니

하늘도 이 여름에 마을 쓸어가고 길 뭉개어서
나를 오갈 데 없게 하려고 폭풍우 쏟아놓는가

신강화학파 매미 분파

이규보 옹이 시회詩會를 열고는
유택으로 나를 초대하였다
늙은 해좌칠현과 늙은 강화학파는
벌써 종이 위에 일필휘지하고 있었다
둘러보니 현대시인은 나뿐이었다
나는 그 옆에 자리 잡고
들고 간 노트북을 폈으나
도무지 시상이 떠오르지 않았다
해좌칠현은 바닷바람소리로 읊고
강화학파는 강바람소리로 읊는데
나는 한 구절도 쓰지 못하여 안절부절못하자
매미들이 떼 지어 소리 지르기 시작했다
유명한 시인들을 모신 시회에
자신들을 초대해 주지 않은 이규보 옹에게
소리 내는 모든 미물들이 시인으로 대접받는
세상을 꿈꾸는 신강화학파를 무시하겠다면
대시인으로 떠받들 수 없다는 것이었다

그리고 나를 향해서는

현대 시인이라면 자기네 매미 울음소리를 빌려서라도

단번에 시 한 편을 완성할 수 있어야 한다면서

잘 쓸 때까지 자기들과 함께

신강화학파에 가담하여 습작을 더 해보자는 것이었다

그 소리를 들은 해좌칠현과 강화학파가

쓴웃음을 날리며 표표히 돌아가고

이규보 옹이 시회를 파하자,

매미들이 소리를 그치고 멀리 날아갔다

제때 자기 목소리를 내지 못한 나를

매미들이 신강화학파로 인정하지 않는 걸 다행스러워하며

나는 노트북을 접어들고 집으로 돌아왔다

집의 경계

야산에서 쏟아져 내린 빗물이
비탈밭 두렁을 뭉개고
다랑논 두렁을 무너뜨린다
비닐 비옷 입은 이웃들이 삽을 들고
둔덕으로 올라가 속수무책 서 있다
비탈밭 두렁과 다랑논 두렁
그 사이에 있는 내 집이
급류에 쓰러지지나 않을지
나는 우산을 펴들고
집밖으로 살피러 나간다
밭두렁 논두렁을 이으며
두런두런 지내온 이웃들은
밭두렁 논두렁이 끊겼으니
다시 이을 때까지 옥신각신할 것이다
누구네 논밭으로 두렁이 더 들어가 놓였느니
누구네 논밭으로 두렁이 덜 들어가 놓였느니
이웃들은 제각각 눈썰미로 알아낼 것이다

나는 내 집의 경계를 살펴본다

신강화학파 꿀벌 분파와 밀원지

신강화학파 주민들이 사는 마을에만
잡꽃들이 피어 있다고
지나가던 꿀벌들이 나에게 소리쳤다
내가 사는 마을에는
이미 꽃들이 다 졌는데
어찌된 일일까
신강화학파 주민들은 그 마을 곳곳에
잡꽃들이 시들지 않도록
자신들의 숨결과 체취를 뿌려뒀을까
땅 속 물길을 뿌리에 닿도록 돌려놨을까
신강화학파 주민들이 무슨 일을 했는지
짐작조차 할 수 없지만
그런 비상한 재주를 지녔다면
개화와 낙화의 시기도 조절할 테니
꿀벌들이 날마다 찾아가고
잡꽃들은 더욱 흐드러져서
그 마을은 찬란하고 아름다울 것이다

날마다 내가 사는 마을엔

꿀벌들이 그저 스쳐가기에

신강화학파 주민들이 사는 마을에 가서

몰래 잡꽃들을 캐서 옮겨 심어놓았다

잡꽃 향기가 퍼져 나가자,

다음날 꿀벌들이 몰려와서는

그 사이 신강화학파 주민들이

이 마을로 이사했느냐고 나에게 물었다

처마 아래

판넬 조립식 집 처마 아래에
장마에 곰팡이 슨
책꽂이를 말리려고 눕혀놓고
나는 거기 앉아 있었지

토박이 바깥노인이 먼저 죽어서
홀로 된 안노인이 호미 들고
자드락길을 걸어 밭으로 들었고,
아내는 무더기로 돋은 채송화를
처마 아래 여기저기 옮겨 심었어
나는 책을 펴들곤 읽지 못했지

너무 나이 들어 귀농한 탓에
밭일하다가 골병들어 죽기 전에
서울로 되돌아가려는 외지인 노부부가
자드락길에서 산책했고,
아내가 오미자차를 내와

처마 아래에서 대접했어

나는 책을 덮곤 수인사했지

책꽂이에 곰팡이가 마른 후에도

처마 아래에 놔두고

나는 거기 앉아

자드락길이 공동묘지로 가며 남기는 발자국을 보았지

내가 아내와 같은 날에 같이 가지 못할 장소를 떠올렸지

신강화학파 지렁이 분파

내가 이랑을 뒤집어엎었더니
지렁이들이 중얼거렸다
인간들로 이루어진 신강화학파는
흙 밖에서 곡식을 길러 거두지만
지렁이들로 이루어진 신강화학파는
흙 속에서 곡식을 자라게 놔둔다고

내가 도로 묻어주려고 했더니
지렁이들이 중얼거렸다
인간들로 이루어진 신강화학파는
흙에서 나는 곡식을 많이 먹어치우지만
지렁이들로 이루어진 신강화학파는
곡식이 많이 나는 흙을 먹어치운다고

나는 지렁이들에게 결국에는
지렁이들의 몸을 통과한 흙과*
인간들의 몸을 통과한 곡식이

신강화학파를 만든다고 비약했더니
내가 스르르 지렁이 되어 나를 먹어치웠고
지렁이가 스르르 나 되어 지렁이를 먹어치웠다

* 비옥한 땅은 지렁이의 몸을 여러 번 거쳐 나온 것이며 앞으로도 그럴
것이다. —찰스 다윈

강화도의 아침

아침이 오면 창문부터 열고
산이 봉우리로 가만있는지
들이 깊드리로 가만있는지
마당이 잔디밭으로 가만있는지
슬그머니 내다본다
간밤에 잠자리가 뒤숭숭했는데
창문으로 다가와 나를 들여다보며
산은 봉우리를 낮추었을까
들은 깊드리를 얕게 했을까
마당은 잔디밭을 좁혔을까
스스로 돌보는 산과
이웃이 돌보는 논과
내가 돌보는 마당이
제자리에 머물러 있어야 편안하다
바람이 불지 않아도
산은 봉우리에 나뭇잎을 떨어뜨리기를
물이 찰랑거리지 않아도

들은 깊드리에 고랑을 삐뚤게 놔두기를
햇빛이 내리지 않아도
마당은 잔디밭에 그늘을 끌어들이기를
내심 바란다

신강화학파 매미 분파의 말

간밤에 이규보 옹과 이건창 옹이
나를 찾아와서 현대시에 대하여
이러쿵저러쿵하다가 돌아간 뒤
이튿날 책상 앞에 앉아 생각하고 있는데
매미들이 창가에 날아와 말을 건넸다
요즘 발표되는 현대시를 읽어보면
시인들이 자신들보다 치열하게 언어를
구사할 줄 모른다고 빈정거리더니
매미의 말을 시어로 옮겨놓을 줄 아는
시인이 몇이나 되겠느냐고 반문하고는
자신들이 한 철 시도 때도 없이 울어쌌는 것도
시인들이 시에서 선언도 하지 않고 잠언도 토하지 않으니
답답해서 하는 짓거리라고 하더니만
한 시대를 풍미했던 이규보 옹과 이건창 옹은
이미 어투도 문장도 낡았으니
이젠 사라져도 독자들이 서운해 하지 않을 텐데
왜 자꾸 나타나는지 모르겠다며

혹시 선생께서 대시인으로 불리고 싶어
의도적으로 이규보 옹과 이건창 옹을
가까이 모시는 게 아니냐고 힐난했다
귀에 거슬리기는 해도 일리 있다고 여기며
책상 앞에 앉아 턱을 괸 채 다시 맞이한 밤에
이규보 옹과 이건창 옹이 또 찾아와선
현대시는 표현이 혼란스럽다느니
구조가 복잡하다느니 갑론을박할 때
나는 매미들이 한 말을 떠올리며 가만있었다

동티

낡은 그이 집 앞 무논 주인인 중년사내가
집터만큼만 판판하게 메워서
생애 처음으로 새 집 짓고 이사한 뒤
그이 집에서 그 집으로 뻗어나간
등나무 새 가지들 꺾으며 논길 오다가 가다가
갑자기 무논에서 엎어져 죽었다

낡은 그이 집 뒤 산기슭 주인인 노인네가
집터만큼만 판판하게 고루어서
생애 마지막으로 새 집 짓고 이사한 뒤
그이 집에서 그 집으로 뻗어나간
등나무 새 가지들 꺾으며 산길 오다가 가다가
갑자기 산기슭에서 넘어져 죽었다

그이가 등나무 탓으로 여겨 밑동 베고는
중년사내와 노인네가 마실 다니던
논길로 산길로 오가며 뒤숭숭해하던 몇 해 사이

그이 집 이곳저곳으로 구불구불

뿌리 뻗은 등나무가 새 가지들 돋아내며

낡은 그이 집으로 몰려들고 있었다

신강화학파 개미 분파

이건창 옹이 나를 찾아왔다
사기리 생가 마당에 나앉아서
줄지어 가는 개미들을 보며
나뭇가지로 땅바닥에 시를 쓰는데
마지막 행을 갈무리할 때까지도
대열이 끝나지 않기에 뒤따라왔다고 한다
이건창 옹이 개미의 걸음걸이로
넙성리 내 조립식 집에 도착했다니
대시인이기 때문에
먼 곳까지 아주 천천히 걸어도
빨리 올 수 있었을까
나는 아무리 빨리 걸어도
가까운 곳에도 늘 늦게 갔었다
사람의 걸음걸이밖에 걸을 줄 몰라서
나는 아직 대시인의 반열에 오르지 못할까
그런데 개미들이 내 집에
이건창 옹을 인도한 이유가 궁금하여 내려다보는데

여전히 줄지어 이규보 옹 유택이 있는
길직리로 향하고 있었다
이건창 옹이 계속 대열을 뒤따라가기에
얼떨결에 나도 동행하는데
절로 개미의 걸음걸이로 걷고 있었다
그때 나는 아! 탄성을 지르고 말았다
진정한 신강화학파는 제 길을 가면서도
누구나 다 같은 호흡으로 걸음걸음을 걷게 하는구나

부락 버스정류장

부락 버스정류장 장의자에 노인네들이 앉아 있었다
중절모를 쓴 노인은 두 손 모아
지팡이 세워 잡고는 멀뚱거리고
캡을 쓴 노인은 침 흘리며 졸다가
간간이 자동차 급브레이크 소리에 눈 떴다 감고
운동모를 쓴 노인은 고개 숙이고
신발 뒤꿈치로 낙서하며 기침해댔다
팔순에 돌아가신 할아버지가
중절모를 쓰고 돌아와 앉아서
평생 걸어온 논틀밭틀 바라보고 계셨는가
칠순에 돌아가신 아버지가
캡을 쓰고 돌아와 앉아서
짐차 운전하며 떠돌던 날 꿈꾸고 계셨는가
육순에 돌아가신 형이
운동모를 쓰고 돌아와 앉아서
못 다 쓴 치부책 쓰고 계셨는가
내가 점퍼에 달린 모자를 덮어쓰고

부락 버스정류장 지나가다가
육순이 되어 아직도 기록할 거리가 없어 답답하고
칠순이 되어 여전히 정처 없어 막막하고
팔순이 되어 이제는 무덤 쓸 땅마저 없어 서운한
동년배 노인네들로 앉아서 나를 째리고 있었다

신강화학파 개구리 분파

개구리들의 울음이 바람소리에 실려 왔다
사람의 말로 번역해 보니
개구리들은 바람이 무논에 불면 울다가도
주인이 논물 보러 오면 뚝 그친다는 것이었다
많이 거두려고 농약 치는 주인이
신강화학파라며 폼 잡는 게 눈꼴시다는 것이었다

개구리들의 울음이 빗소리에 실려 왔다
사람의 말로 번역해 보니
개구리들은 비가 무논에 내리면 울다가도
주인이 논물 보러 오면 뚝 그친다는 것이었다
비싼 농기계를 몰며 부자인 척하는 주인이
신강화학파라며 폼 잡는 게 눈꼴시다는 것이었다

세상에, 무어 대단하다고 신강화학파인 걸
농부들이 자랑스러워하는지 어리둥절했으나
나는 아는 대로 알려주지 않을 수 없어서

농부가 무논에 나와서 논일할 때마다
개구리들이 무시할 정도라면
미물들과 말 트고 지내는 신강화학파가 아니라는 걸
개구리의 울음으로 번역하여
바람 부는 날엔
바람소리에 실어 개구리들에게 들려주었고
비 오는 날엔
빗소리에 실어 개구리들에게 들려주었다

사유수思惟手

낮에 길섶에 앉아
왼손으로 잔돌을 줍고도
산에 올라 상수리나무에게 팔매질해야 할지
물가에 나가 물수제비떠야 할지
생각하지 않고 도로 내려놓고는
왼손바닥을 왼뺨에 받쳐 대고선 달리 생각해 봤다
상수리열매가 언제 익었다가 언제 떨어지는지
물결무늬가 언제 생겼다가 언제 사라지는지
그때 홀연히 잔돌이 바닥에서 떠오르기에
얼른 왼손을 뻗어 잡았더니
그만 생각이 멈추어졌다

밤에 식탁에 앉아
오른손으로 잔을 들고도
무엇을 따라야 넘치지 않을지
어떻게 마셔야 쏟아지지 않을지
생각하지 않고 도로 내려놓고는

오른손바닥을 오른뺨에 받쳐 대고선 달리 생각해 봤다
축배는 누구를 거쳐서 누구에게 건네지는지
독배는 누구에 의해 채워지고 누구에 의해 비워지는지
그때 홀연히 잔이 바닥으로 넘어지기에
얼른 오른손을 뻗어 잡았더니
그만 생각이 멈추어졌다

그래서 두 손을 움직이면
생각이 멈추어지는 줄 알고
밤이고 낮이고 손일을 하고 있다 보면
새로운 왼손이 생겨나와 왼뺨에 받쳐 대고
새로운 오른손이 생겨나와 오른뺨에 받쳐 대니
새로운 내가 생겨나와 끝없이 되생각하고 있었다

신강화학파 개구리 분파와 어법^{語法}

내가 논둑에 들어가자
개구리들이 일순 조용해졌다가
찾아온 용무를 밝히니
마구 떠들어대기 시작했다

소위 신강화학파로 스스로를 내세우는 무리 치고
목청을 높이지 않는 자가 없는데
모름지기 시인이란 그런 파에 들어선 안 된다고도 하고
정말 신강화학파 주민들은 시인을 알아주지 않는다고도
하고
언제든지 마음이 내키면 목소리를 내는 자기들은
시인께서 쓰는 시어가 남다르다는 소문이 들리기에
언젠가 때가 되면 찾아가 배우고 싶었는데
먼저 찾아주셔서 고맙기 이를 데 없다고도 하고
소위 신강화학파라면 누구에게나 스스럼없는 무리가 되어
아무데서나 횡설수설할 줄도 알아야 한다고도 했다

나는 개구리들이 잠잠해지기를 기다렸다가
땅 속으로 들어가 침묵을 해야 하는 때도 알고
땅 위로 나와 소리를 질러야 하는 때도 아니
시인보다 더 시인이라고 추켜세우고 나서
낮이나 밤이나 비가 오거나 햇볕이 내리거나
왁자하게 지껄일 수 있는 어법 한 수를
가르쳐 달라고 정중하게 청했더니
다시 마구 떠들어대기 시작했다

입추

바람 속으로 걷는
저물녘 천변
여치 한 마리가 날아와
내 가슴팍에 앉았다
일순 나는 멈춰 섰다
억새도 바랭이도 있는데
하필 나에게 오다니
내 숨소리를 들어봤다가
그 소리로 울려는 건지
내 심장박동을 알아봤다가
그 박동으로 뛰려는 건지
여치는 날아가지 않았고
나도 꼼짝하지 않았고
바람도 불지 않았다
여치와 나와 바람은
각자 움직이다가
이곳까지 왔을 텐데

이 정지 상태를
그 누가 언제 계획했을까
그 누군가도 이곳에 와서
가만히 있을 것 같은 날

신강화학파 12분파 야화野話

어느 날 나는 이런 야화를 들었다

신강화학파 주민들이 모여 사는 부락에
유난히 몰려드는 동물들이 있는데
들개와 들고양이와 고라니와
참새와 까치와 왜가리와
지렁이와 개구리와 붕어와
꿀벌과 매미와 개미로서
그들 열두 동물들 중에는
알에서 태어난 무리가 가장 많다고 했다
신강화학파 주민들 중에도
알에서 태어난 자들이 있어
어떤 주민들은 왜가리의 알에서 태어났다 해서
왜가리들과 손잡고 허공을 날고
어떤 주민들은 개구리의 알에서 태어났다 해서
개구리들과 너나들이하며 물속에서 놀고
어떤 주민들은 개미의 알에서 태어났다 해서

개미들과 앞서거니 뒤서거니 땅속을 돌아다닌다고 했다
그러다가 알을 깨고 나왔던 때가 생각나면
왜가리들은 날아서 천신天神에게 가 하늘을 차지할 수 있기를
왜가리의 알에서 태어난 주민들과 함께 은밀히 날며 빌고
개구리들은 뛰어서 수신水神에게 가 물을 차지할 수 있기를
개구리의 알에서 태어난 주민들과 함께 은밀히 뛰며 빌고
개미들은 기어서 지신地神에게 가 땅을 차지할 수 있기를
개미의 알에서 태어난 주민들과 함께 은밀히 기며 빈다고
했다
그러고 나면 왜가리들도 개구리들도 개미들도
알에서 태어난 주민들도 알을 마음껏 낳게 되지만
자식들을 낳아 젖을 먹여 키운
신강화학파 주민들한테서는 홀대를 받는다 했다

어느 날 나는 이런 야화를 들은 뒤
신강화학파 중에는 알에서 태어난 무리가 더 있으니
그들마다 그들만의 신神을 찾는다면

모두 진정한 이단자들이겠다고 생각했다

가을 절경

고추잠자리 떼는 데모대같이 우우우
나아가다가
밀려나다가
다시 나아가다가
몇 마리는 대열에서 벗어나고
나머지는 앞으로 앞으로
다시 몇 마리는 둥글게 둥글게
떼거리로 허공을 높이 밀어 올리다가
일손 놓고 쳐다보는 나를 향해
몰려오고 몰려오고
날개를 접을 줄 모르는
고추잠자리 떼는 데모대같이 우우우

신강화학파 붕어 분파

이규보 옹과 이건창 옹이
우리 집 가까운 수로에 와 있으니
같이 손맛이나 보자며 연락했다
나는 두 대시인에게 평을 듣고 싶어
최근작을 프린트해서 들고 나갔는데
둑에 우두커니 앉아 있다가
나를 쳐다보고 동시에 말했다
조금 전에 붕어들이 떠올라서는
물속 세상이 너무 흐려
앞을 내다볼 수 없고 숨이 막힌다며
물 밖으로 입을 뻐끔, 뻐끔, 거렸다네
가만 듣고 보니 그건
내 최근작에 담긴 내용이어서
슬그머니 프린트 지를 감추었다
붕어들이 먼저 읊어 버렸다고 하니
뒷북친 내가 뛰어난 시인일 순 없었다
이규보 옹은 바늘을 자르고

이건창 옹은 찌를 꺾다가
또 나를 쳐다보고 동시에 말했다
시 써서 널리 읽히는 일은
당분간 붕어들에게 맡겨 놓으세
수면에 써진 명증한 시들을
왜가리들도 읽고 개구리들도 읽을 테니
다른 짐승인들 읽지 않겠는가
대나무 낚싯대를 거둬 어깨에 메고
이규보 옹과 이건창 옹이 돌아간 뒤에도
내 시의 독자들 중엔 동물이 없다는 걸
마침내 안 나는 수로 둑에서 서성거렸다

낮때

자드락길에서 아연 마주쳤다
다람쥐도 나도 걸음을 멈춰 섰다
갈참나무 아래였다
다람쥐는 도토리를 먹고
집으로 돌아가는 참이었을까
나는 도토리를 줍지 않고
집으로 돌아가는 참이었다
다람쥐와 나 사이에
한순간 눈빛이 쏟아져 나와 출렁거리며
산등성을 빙 돌려놓았다
기슭과 골짝에서
갈참나무들이 몰려와 빽빽한 숲이 되고
도토리들이 투두둑 떨어지자
다람쥐의 눈빛은 다람쥐의 눈 속으로 들어갔고
나의 눈빛은 나의 눈 속으로 들어왔다
갈참나무들이 틔워놓은 자드락길을 타고
다람쥐는 위로 뛰어 올라갔고

나는 아래로 걸어 내려왔다.

신강화학파 꿀벌 분파와 개미 분파와 나의 행동거지

내가 꽃 핀 코스모스를 들여다보고 있으면
단내 나는 꿀벌들이 다가와 날갯짓을 하고
내가 밭에서 잡풀을 매려고 호미질하면
혼비백산한 개미들이 잰걸음으로 흩어진다

신강화학파 중에는 꿀벌들과 친한 주민들이 있어
그 꿀벌들은 당연히 신강화학파가 되어 활동하고
신강화학파 중에는 개미들을 싫어하는 주민들이 있어
그 개미들은 오히려 신강화학파로 활동한다는 걸
나는 알고 있어 달가워하지도 싫어하지도 않는다

꿀벌들은 때로 왼쪽 손등에 앉았다가 침을 쏘고
개미들은 때로 왼쪽 발등에 올랐다가 깨물어서
자신들의 능력을 알려주기도 할 때
나는 무심결에 신강화학파 연하면서
오른쪽 손바닥으로 꿀벌들을 내리치고
왼쪽 발바닥으로 개미들을 밟는

나의 능력을 알려주기도 하는데
꿀벌들과 개미들과 나의 이런 행동거지를
저마다 제 할 일이라고 여긴다

내가 코스모스 앞에서 나중에 맺힐 열매를 느끼면
꿀벌들은 나에게 전해줄 꿀을 많이 만들지 모르겠고
내가 잡풀을 뽑아들고 나중에 피어날 풀꽃을 떠올리면
개미들은 나의 밭고랑 속에 풀씨를 많이 물어다놓을지 모르
겠다

자드락길가 집에서 쓰는 반성문

서풍 앞에서는 코를 벌렁거리지 않기로 하자
해거름 앞에서는 눈을 치뜨지 않기로 하자
산봉우리 앞에서는 머리를 쳐들지 않기로 하자
일생 하는 일마다 허점투성이였고
그걸 바로잡는 일에 일생을 썼는데
정작 그 일이 허점으로 남았다는 걸
자드락길에 다다라서야 알았다
하필이면 마지막 머물기로 선택한 곳이
외따로 지어진 작은 집,
나무들을 울타리로 삼은 조립식 집,
이 자드락길가 집까지 오는 내내
바람이 불면 앞섶을 여몄고
햇빛이 비치면 등을 굽혔고
산그늘이 내리면 걸음을 빨리했다
스스로 사람들의 동네 한복판을 피해 왔지만
잘못한 짓거리라고 할 수 있을까
오히려 나의 오류는 신념을 바꾸는 걸 진화라고 믿는

사람들의 동네 언저리에서 벗어난 데 있을까
내일도 서풍이 불 테니 숨결을 고르자
내일도 해거름이 될 테니 눈빛을 낮추자
내일도 산봉우리는 가만있을 테니 고개를 숙이자

신강화학파 왜가리 분파

논에서 끼니를 얻는 무리는
모두 다 신강화학파라고
왜가리들이 왝왝거렸다

내가 마침 논둑을 걷다가
그 소리 듣고 생각해 보니
사람들이 신강화학파라면
왜가리들도 신강화학파라는 건
온당한 주장이었다
물과 볕이 일렁거리는 논에 들어서면
사람이든 왜가리든
물이 식도록 산바람을 붙잡아 당기고
볕이 누그러지도록 산그늘을 불러들인다

신강화학파가 되면 무얼 하려느냐고
내가 질문하자
왜가리들이 갑자기 먼 산을 향했다

논에서 명상도 하니

진정한 강화학파라고

내가 말해 주자

왜가리들이 일제히 날아올랐다

열매들

텃밭 가 밤나무가
밤을 떨어뜨리면 수시로 줍고
뒤란 상수리나무가
상수리를 떨어뜨리면 수시로 줍고
마당가 은행나무가
은행을 떨어뜨리면 수시로 주웠다

내가 집을 비우는 날이면
나무가 떨어뜨리는 열매엔
주인이 없다고 여긴
사람들이 주워 갔는지
밤과 상수리와 은행이 한 알도 보이지 않았다

밤나무도 상수리나무도 은행나무도
그 시간에 쉬고 싶어서
열매를 떨어뜨리지 않았을지도 모른다는 생각이
문득 들던 날엔

내가 주인 노릇을 해선 안 되겠다는 생각을 했다

텃밭에 거름을 내면서 쳐다보지 않는데도
밤나무가 밤을 떨어뜨렸고
뒤란에 농기구를 갖다놓으면서 쳐다보지 않는데도
상수리나무가 상수리를 떨어뜨렸고
마당가에 뒷짐 지고 서서 쳐다보지 않는데도
은행나무가 은행을 떨어뜨렸다

신강화학파 까치 분파와 왜가리 분파의 비상飛翔

강화의 마을과 들판에서 잘 살아남는
신강화학파에 끼기 위해
까치들과 왜가리들이 선택한 방법이
제각각 다름을 본다
신강화학파 주민들이 쉴 때면
까치들은 마을 전깃줄에 앉아 깍깍거리고
왜가리들은 들판 논고랑에 서서 왝왝거린다
신강화학파 주민들이 일할 때면
까치들은 마을 전깃줄에 가만히 앉아 있고
왜가리들은 들판 논고랑에 가만히 서 있다
신강화학파 주민들에게
가까워져야 할 때와 멀어져야 할 때를
까치들과 왜가리들이 아는 것이다
그런데도 신강화학파 주민들은 너나없이
까치들과 왜가리들에게 눈길 주지 않는데
두 날개와 두 다리를 가진 무리는
하늘과 땅바닥을 다 누릴 수 있기 때문이라고 한다

이런 신강화학파는 되고 싶지 않은 내가
마을과 들판을 오가면
까치들과 왜가리들이 일제히
땅바닥을 하늘로 끌어올리려고 날아올랐다가
하늘을 땅바닥으로 끌어내리려고 날아내린다
환한 하루, 사방팔방이 한꺼번에 다 보인다

까치밥

내가 여러 해 가지치기를 하지 않자
감나무가 아득히 높은 가지 끝에
감을 열었다
장대로도 딸 수 없어 내버려두니
까치가 날아와 고봉밥으로 먹었다

옛집 뒤뜰에 있던 그 감나무를
베어내고 남긴 밑동에
나는 몸 구부리고 앉아 궁리하다가
새로 지을 집 뒤뜰에
어린 감나무를 사다 심었다

옛집 뒤뜰과 새로 지을 집 뒤뜰을 오가다가
그 감나무가 나를 원망할지도 모른다 싶으면
나는 어린 감나무에게 거름을 주곤 했다

어린 감나무가 뿌리에서 땅을 끌어올려

가지 끝마다 허공을 벌려놓기 시작하면
감이 열리기 시작할 것이고,
그때쯤이면 나는 또 다른 일로 바빠
감나무를 돌보지 않을 수 있을 것이고,
까치는 맛볼 때를 기다릴 것이다

신강화학파 지렁이 분파와 개미 분파의 볼멘소리

생애 처음으로 마늘농사를 준비했다
신강화학파라는 주민들이 오며가며
밭을 갈 땐 깊이 갈아야 한다 하고
두둑을 고를 땐 넓게 골라야 한다 하고
씨마늘을 심을 땐 비늘줄기로 심어야 한다 해서
나는 일러주는 대로 하였다
그때마다 흙속에서 뒤집혀 나온
지렁이들과 개미들도 신강화학파라면서
마늘농사를 짓는 거야 땅주인 마음이지만
지렁이의 길을 뭉갠다면
개미의 집을 부순다면
땅주인의 길인들 성하도록 지렁이들이 놔두겠느냐며
땅주인의 집인들 성하도록 개미들이 놔두겠느냐며
볼멘소리들을 하였다
신강화학파라서 나에게 악감정을 품진 않겠지 여기며
생애 처음 짓는 마늘농사에 열중하는 척했지만
다시 길을 낸 지렁이와 다시 집을 지은 개미가

흙 속에서 굵어가는 마늘통을 구경한 후,
내 마늘농사를 건달농사라고 비아냥거려도
나는 어떠한 볼멘소리도 해선 안 되겠다고 생각했다

이웃 사이

멀리 있는 제 밭에 빨리 닿으려고
남의 밭고랑으로 걸어가는 사람을
가장 싫어한다고
이웃이 말하였는데
밭에서 그리하면 질러가게 된다는 걸 알곤
여태까지 내가 몰랐다는 것이 한심했다

나는 밭둑으로 나다니며
밭두둑에서 수런거리는 바람이나
득실거리는 햇빛을 바라보는 일을
호사로 여겼지만
이웃은 밭둑에 서서
고추나 수수가 자라
흔들리거나 반짝이는 밭두둑을 바라보는 일을
일과로 삼았다

남의 밭에서 거두는 작물을

못생겼다고 흉보는 사람을 가장 싫어한다고
이웃이 덧붙였을 때
제 밭에서 나는 작물에겐
누구도 손가락질하지 않는다는 걸 알고 있는 나는
이 마을에서 농사를 제일 잘 지으신다고 이웃을 치켜세웠다

신강화학파 고라니 분파와 가을걷이

콤바인이 논으로 들어가자
벼들 속에 있던 고라니들이
야산기슭으로 후닥닥 달아났다
어젯밤에 고라니들과 함께 논둑에 서서
신강화학파를 두고 말다툼했는데
내게 할 말이 남아 머물고 있었는가

오직 시만 쓰는 나에게 고라니들이
사람 편도 동물 편도 공정하게 들어야 하는 시인이
신강화학파이면 말이 안 된다고 면박주기에
내가 정말 신강화학파에 드는지 의문한다고 대꾸한 뒤
오직 채식만 하는 고라니들에게 나는
농작물이든 야생풀이든 익기도 전에 먹어치우는 동물이
신강화학파라면 사람보다 생각이 부족하다고 지적했더니
고라니들은 그래서 진정한 신강화학파라고 응수했다

벼를 한 포기도 남기지 않고

깡그리 베어서 깡그리 베어서
낟알은 낟알대로 포대에 담고
짚은 짚대로 바수어 버리는 콤바인을 바라보다가
나는 어젯밤 나의 막말을 사과해야겠다 싶어
야산기슭으로 올라가 봤지만 한 마리도 보이지 않았다
문득 고라니들이 덧붙이던 말이 떠올랐다
누구라도 배고프면 신강화학파도 할 수 없는 노릇이며
무엇이든 신강화학파는 배고프지 않을 만큼만 먹는다는…

좀 더 살면

이 자리 이 집터 이 땅바닥은
집이 들어서기 전엔 원래 논
소농인지 빈농인지 모를 주인이
논둑에 앉아서 나처럼 자문했을까
좀 더 살면 보이겠거니 여기다가
이만큼 살아왔는데 무엇도 보이지 않는가, 하고
논이 만들어지기 전엔 원래 산자락
오리나무인지 국수나무인지 모를 나무가
비탈에 서서 나처럼 회의했을까
좀 더 살면 들리겠거니 여기다가
저만큼 살아왔기에 무엇도 들리지 않는가, 하고
산자락이 생기기 전엔 원래 천지간
어스름인지 먼동인지 모를 무엇이
떠돌다가 멈춰 서서 나처럼 고민했을까
좀 더 살면 읽히겠거니 여기다가
그만큼 살아남아서 무엇도 읽히지 않는가, 하고
이런 잡념 자주 하던 내가 떠나간 뒤에는

누군가 와서 살며

식탁 위에 놓인 그릇 수를 보다가

벽을 지나는 바람소리를 듣다가

밤낮 없이 흐르는 시간을 읽다가

꼭 한번만 나를 상상할까

신강화학파 참새 분파와 까치 분파의 늦가을

신강화학파를 자처하는 주민들은
농사 솜씨가 좋아서
곡식을 남김없이 거두는 바람에
들판에는 벼 이삭이 남아 있지 않았다

참새들은 참새들대로
까치들은 까치들대로
낟알을 찾느라고 날갯짓 많이 하여
배가 더 고픈 나머지
왁시글덕시글 지껄였다

내가 들길을 산책하다가 들어 보니까,
새들이 곡식이 잘 익도록
벌레를 잡아먹은 덕분에
사람들이 수고를 덜한다고 떠들고 있었으나
새들을 곁에 두고 지내지 못하는 사람들이
신강화학파라고 주장한다면

인정하지 않겠다는 무리도 있고
사람들 곁에서 살려는 새들이
신강화학파라고 주장하는 무리도 있었다
사람들 편도 새들 편도 들고 싶지 않은
나는 내처 걸어갔다

참새들은 참새들대로
까치들은 까치들대로
빈들에서 왁자하니
떼 지어 날아다녔다

두렁으로만 나돌아다닌다

겨울에 별장에 내려온 사내는
두렁으로만 나돌아다닌다
텃밭에 풀잎들이 쓰러져 있고
마당에 낙엽들이 쓸리고 있는
집에선 안절부절못하고
노인들이 더 늙어 삭신을 앓고 있는
이웃집엔 차마 찾아가지 못한다
윗논 끌고 아랫논으로 아랫논 끌고 윗논으로
오르락내리락하는 두렁에 두 발을 내디디면
앞서 가던 발걸음이 쟁기질한 논바닥을 끌고 와서
걸음걸음 깔아주고 뒷걸음질 치던 발걸음이
벼 벤 그루터기를 끌고 와서 걸음걸음 깔아주어
다랑이논마다 구불구불 나돌아다니게 한다
봄에서 가을까지 집안과 텃밭과 마당을 지켜온
먼지들과 풀잎들과 낙엽들을 젖혀두고
겨울에만 와서 주인 노릇할 수 없는 별장 사내는
평생 논일하며 이어 온 가업을

자식들이 물려받으러 찾아오지 않는
노인들에게 일가가 되어주지 못해
두렁으로만 나돌아다닌다

신강화학파 왜가리 분파와 자세

햇빛 맑고 바람 선선한 날
신강화학파 주민들이 나에게
왜 왜가리들의 자세로 서 있느냐고 물었다
나 편한 자세를 취했을 뿐인데
그렇게 보이냐고 되물었다
하기는 요즘 들판에 나가서
비행하는 법을 가르쳐 달라고
왜가리들에게 조르는 중이다
나는 땅을 박차고
하늘로 날아오르고 싶은 꿈이 있다
태어난 곳을 일구며 살다가
그곳에 죽어 묻히는
신강화학파 주민들과는
좀 다르게 살고 좀 다르게 죽으려면
꼭 해야 하는 경험인 것이다
나에게 왜가리들이
들판에 가만히 서 있거나

공중으로 퍼덕 날아오르는 건
들판을 삶터로 삼고
공중을 무덤으로 삼기 때문이라고
귀띔한 적이 있었다
이제 나는 왜가리들의 자세로
서 있을 줄 아니
날아오를 줄도 알게 되겠지
신강화학파 주민들과 더는 나눌
이야깃거리가 없는
햇빛 맑고 바람 선선한 날

뒤꿈치

겨울이면 절름거린다
봄에는 싹을 짓이기고
여름에는 그늘을 뭉개고
가을에는 낙엽을 걷어차나
겨울에는 맨바닥에
몸을 부려놓기 때문인지
뒤꿈치가 갈라진다

나는 걸을 때마다 늘
뒤꿈치를 먼저 내디딘다
전후좌우 넘어지지 않도록
무거운 중심이 되어주고
상대가 싫어서 뒷발질할 때면
강한 무기가 되어주고
제자리를 지킬 때면
든든한 바탕이 되어주는
뒤꿈치를 나는 애지중지한다

오늘 갈라진 뒤꿈치를 올리며

지난겨울에 밟았던 길들을 생각한다

에움길에선 나무가 스쳐간 흔적을 발끝으로 탁탁 찼었지

자갈길에선 바람이 불어간 자취를 따르다가 발목 삐끗했었
지

모랫길에선 새가 날아간 자국대로 뛰다가 언 강물에 첨벙
빠졌지

신강화학파 들고양이 분파

날마다 저무는 시간이면
내가 텃밭에서 쓰던 농기구를 갖다놓는
집 모퉁이를 어슬렁거리는 들고양이들을
신강화학파라고 믿지 않을 수 없다

하루에 세 번씩
내가 배불리 먹고 적게 남겼다가 버려도
입맛이 없어 많이 남겼다가 버려도
늘 같은 양만 먹고 남기는 들고양이들을
신강화학파라고 믿지 않을 수 없다

강화도에 가득한 햇빛과 바람을
음식보다 더 아끼고
시간만큼 다 누리는
주민들을 신강화학파라고 칭하는 동네에선
내가 탐하는 음식과 시간을
탐하지 않는 들고양이들도

마땅히 신강화학파로 불러야 한다
이런 내 속내를 알아차리곤 뿌듯했을까
들고양이들은 나와 눈이 마주치면
씨익 웃는다

자취

눈 쌓인 아침나절에 산을 오른다
누군가 먼저 오른 자취가 눈길에 있다
평소 내가 숨 돌리며 지나갔던 잣나무들 아래엔
걸음나비가 내 걸음나비보다 좁은 발자국 발자국들
누군가 여기에 다다라선
불운을 가까스로 피해 온 지난날이 떠올라
나보다도 더 가슴을 쓸어내렸을 수도 있겠다
평소 내가 숨 가쁘게 지나갔던 참나무들 아래엔
걸음나비가 내 걸음나비보다 넓은 발자국 발자국들
누군가 여기에 다다라선
앞날에는 행운이 활짝 펼쳐지기를 바라며
나보다도 더 마음을 졸였을 수도 있겠다
산을 오르는 동안
누군가도 생의 희비를 생각하느라
발걸음이 무거웠나?
내가 힘겹게 산정에 다다르니
내 걸음나비와 똑같은 걸음나비로 찍힌 발자국들이 있다

나처럼 눈을 바라보다가

간밤에 아무런 자취도 남기지 않은 자신을 달래며 잠들었고

새벽에 잠깨어 이제라도 어떤 자취를 남기리라 다짐했을

누군가를 상상하다가

나는 아무도 걷지 않은 눈길을 택해 산을 내려간다

잣나무 가지들과 소나무 가지들이 눈덩이를 떨어뜨려

내가 남긴 발자국 발자국들을 덮어버린다

신강화학파 들개 분파와 들고양이 분파
의 뒷담화

간밤에
오두리에서 들개들이 짓는 소리가
신현리에서 들고양이들이 우는 소리가
이웃마을 내가 사는 넙성리까지 들려왔다

아침까지 시끄러워 잠 한 숨 자지 못했다는
오두리 주민들과 신현리 주민들이
동시에 나를 찾아와서
시인이시니
들개들이 짓던 소리와 들고양이들이 울던 소리를
인간의 말소리로 통역해 달라고 부탁했다

논밭만 갈아도 산천초목의 기세를 다 알아차리는
신강화학파 주류라고 한껏 으스대던 그들은
집에 틀어박혀 시나 쓰는 나를
신강화학파 비주류쯤으로 취급한 적 있었기에
나는 들짐승들 소리도 알아듣지 못하느냐고 핀잔하곤

이렇게 요약해서 설명했다

들개들과 들고양이들이 뒷담화하기를,
자신들이 사방팔방 떠돌아다니며 절로 알게 된
인간이라면 결코 알 수 없는 산천초목의 정보를
밥 주던 옛 주인을 찾아 전하려고 마을 가까이 가는데
오두리 주민들이나 신현리 주민들이나
논밭에서 돌을 주워 던져 멀리 내쫓기만 하니
결코 신강화학파로 인정할 수 없다는 것이다

이불깃

아침에 이불깃 들면
햇빛이 눈썹 덮는다
눈 깜박거리다가 도로 감자,
망막에서 아잇적 아들이 나와서
이불 속으로 들어와 곁에 눕고는
내 다리 위에 제 다리 포갠다
갑자기 젊은 아비가 된 내가
아들과 껴안고 뒹굴며
겨드랑이에 간지럼 먹이다가
다시 눈 깜박거리다가 도로 감자,
망막에서 중년이 된 아들이 나와서
이불 속으로 팔 뻗어 나를 안아들고는
책상 앞 의자에 앉힌다
갑자기 늙은 아비가 된 나는
돋보기 끼고 책 뒤적거리며
곁에 서 있는 아들 쳐다보다가
나를 내려다보는 아들이 내가 되어 서 있기에

눈 깜박거리다가 도로 감자,
망막에서 아잇적 아들이 또 나온다
나는 어린 아들 껴안고 이불 속으로 들어가
햇빛이 눈썹 훤하게 덮는 아침에
이불깃 끌어올린다

신강화학파 붕어 분파와 개구리 분파의 겨우살이

농한기에 들판을 돌아다니면
겨울나기가 지루한지
언 물속에선 붕어들이 보글보글 소리를 내고
언 땅속에선 개구리들이 개굴개굴 소리를 낸다
붕어들의 말소리를 들어보면
자신들은 내년에 일어날 일들,
이를테면 논에 바람이 많이 불지
밭에 볕이 많이 쏟아질지
가뭄이 들지 홍수가 날지 미리 알 수 있는데
고견을 구하지 않는 주민들을
씨앗을 넉넉히 간수하는 신강화학파랄 수 있느냐는 것이다
개구리들의 말소리를 들어보면
자신들은 내년에 일어날 일들,
이를테면 논가에 제비꽃이 많이 돋아날지
밭가에 달맞이꽃이 많이 돋아날지
벼가 잘 될지 콩이 잘 될지 미리 알 수 있는데
주민들이 고견을 구하지 않으니

양식을 소중이 거두는 신강화학파랄 수 있느냐는 것이다
나는 봄부터 여름까지 들판을 돌아다니다가
붕어들이나 개구리들과 노상 마주치고도
언제 물속에 들어가서 몸을 씻어야 하는지
언제 땅위에 머물러 몸을 말려야 하는지
고견을 구한 적 없었으니
절기에 맞춰 사는 신강화학파가 되지 못하리라는 걸
농한기에 비로소 알고는
언 물속에서도 들리도록 언 땅속에서도 들리도록
콜록콜록 소리를 낸다

첫눈 어스름

첫눈이 잎 큰 나무들을 몰고 와서
목전에서 웅성거리고
어스름이 긴 길들을 끌고 와서
둘레에서 서성거리네

기다릴 줄 아는 나는
손으로 나무들의 큰 잎을 잡아 흔들고
발로 길들의 길이를 재어 보고,
낮아질 줄 아는 나는
손바닥으로 첫눈을 받고
발등으로 어스름을 들어올리네

어디서든
사람이 불쑥 나타나
어깨 톡톡 두드리면
나는 마주보며 아무 질문하지 않고
첫눈도 어스름도 툴툴 털어준 뒤

나무 한 그루를 골라잡고
길 한 갈래를 택해 딛겠네

신강화학파 들개 분파와 집개의 첫눈

옆집 주인이 매일 집을 비워서
집개는 종일 마당에 앉아 있었다
혼자서 심심하고 지겹겠단 생각이
문득 든 찬바람 부는 날,
옆집에서 개소리가 들려 내다보니
들개들이 집개 앞에 서서
뭐라고 뭐라고 떠들고 있었다
가만히 귀를 기울여 들어보니
요지는 단순명료하였다
들개들은 인간의 집을 지켜주지 말고
들로 함께 떠돌자는 것이고
집개는 개답게 살려면
집에 머물러 있어야 한다는 것이었다
들개들의 말에도 집개의 말에도
진심이 담겨 있다는 생각이 들어
한동안 먹먹히 지켜보았다
더 이상 갑론을박하지 않겠다는 듯이

들개들과 집개가 나란히 앉았는데
나와 눈이 딱 마주쳤다
컹컹컹, 모든 개들이 짖으며 날뛰자,
슬슬슬, 첫눈이 흩날렸다
갑자기 내가 마음이 동해
옆집에 가서 목줄을 풀어주니
와락, 집개가 뛰쳐나가자,
펑펑, 함박눈이 쏟아지기 시작했다
들개들이 집개를 뒤따라 뛰어갔고
나는 오래 서 있었다

설경雪景

함박눈 내리는 아침나절
음식 찌꺼기를
구덩이에 내다버리고 들어와서
유리창문 밖을 내다본다

들판에서 논둑이 눈송이를 휘날리며 길을 흩어버리는
광경이 보이다가
언덕에서 나무가 눈보라를 일으켜 세우며 그늘을 버리는
광경이 보이다가
구덩이에 고양이가 살금살금 걸어와서 길을 놔놓고 생선을
골라먹은 뒤 들판으로 걸어가는
광경이 보이다가
까치가 포르르 날아와서 그늘을 내려놓고 밥알을 쪼아 먹은
뒤 언덕으로 날아가는
광경이 보이는데
난데없이 고라니 두 마리 그 광경 속으로 껑충껑충 뛰어
들어온다

함박눈 덮이는 사방팔방에서
무엇이 더 찾아올지 알 수 없는 아침나절
유리창문 밖을 내다보던 나를
고양이와 까치와 고라니들이
허기진 짐승으로 볼 수도 있겠다
오늘은 나도 한데로 나가야 할 것 같은 날이다

신강화학파 12분파 이설^{異說}

대대로 살아온 주민들과
외지에서 살러 온 주민들이
부락회관에 모여 떠들썩하게
누가 신강화학파 주류인지 비주류인지 따지다가
난데없이 동물들도 신강화학파로 봐야 하느냐고
나에게 자문했다

동물들이 강화의 산과 들을 꿰고는
곡식이 잘 자라는 곳과
야생화가 잘 피는 곳을 찾아다니니
신강화학파로 봐야 하지 않겠느냐고
내가 의견을 냈다

대대로 살아온 주민들도
외지에서 살러 온 주민들도
강화의 물과 볕을 읽고는
논고랑이 젖는 때와

밭고랑이 마르는 때를 잘 안다 해서
자생적인 신강화학파라고 자처하다 못해
우리가 주류다 너희가 비주류다 옥신각신하는 판에
강화의 풀이나 열매나 벌레를 먹고 겨우 연명하며
모든 주민들 곁에서 우는 동물들을
자생적 신강화학파로 왜 보지 않아야 하느냐고
내가 반문했다

중구난방으로 떠들다가 할 말이 없어진
대대로 살아온 주민들과
외지에서 살러 온 주민들이
집으로 돌아가는데 영락없이
들개와 들고양이와 고라니와
참새와 까치와 왜가리와
지렁이와 개구리와 붕어와
꿀벌과 매미와 개미였다
나 자신을 살펴봐도 한 마리 동물이었다

동물의 목소리로 발견되는 단독성

홍승진

1. '학파'에서 '분파'로

시인 하종오는 『신강화학파』(도서출판 b, 2014)를 펴내고 나서, 신강화학파 연작으로서 시집 『신강화학파 12분파』를 쓴다. 시집 『신강화학파』는 하종오식 리얼리즘의 핵심적 미학이자 사유 방식인 '아래로부터'의 방법론을 통하여, '나'와 '남'의 시선을 서로 바꾸어보며 '우리'를 '다른 우리'로 표현해낸 시집이다(홍승진 해설, 「하종오식 리얼리즘의 서정과 서사」, 위의 책, 162쪽). 하종오에게 있어 더 새롭고 좋은 시를 쓴다는 일은, 아직까지 아주 심각한 문제로 알려지지 않은 누군가의 고통을 발견하여 형상화하는 일이며, 그 고통의 원인과 극복까지 짚어보는 일이다. 그러기 위해서는 나만을 앞세우는 생각에서 벗어나 소외된 남들의 시선으로 세상을 바라볼 필요가 있으며, 자칫 폐쇄적일 수 있는 '우리'의 울타리에서 나아가 또 다른 '우리'를 상상할 필요가 있다.

이러한 맥락에서 하종오는 실제로 시인 자신이 발 딛고 살아가는 강화도를 시적 배경으로 삼아 『신강화학파』 연작을 쓰는 것이다. 이는 유행하는 철학 이론이나 문예 사조에 맞춰서 시를 제작하기보다는, 자신과 가장 가까운 것에서부터 시를 찾아내는 작업이기도 하다. 그렇다고 해서 시인이 자기 주변의 아름다운 자연 사물을 읊조리거나 자폐적인 환상에 갇혀 있다는 뜻은 아니다. 사회나 역사의 모순과 그에 대한 전망을 총체적으로 제시한다는 뜻도 아니다. 공허하고 독단적인 시를 넘어서, 시인은 제 언어를 서로 다른 인간들의 삶에 접촉시킨다.

『신강화학파 12분파』(이하 '『12분파』'로 약칭)는 먼저 시집의 제목에서부터 하종오식 리얼리즘의 특성을 뚜렷하게 드러낸다. 신강화학파의 '분파(分派)'라고 한다면 우리는 쉽게, 신강화학파가 주류를 이루는 집단이며, 분파는 그로부터 갈라져 나온 비주류 집단이라고 예상해볼 수 있다. 그러나 이 시집은 주류와 비주류 간의 구분 자체에 관한 문제 제기에 서부터 출발한다. 나아가 『12분파』는 비주류와 주류 간의 위계질서를 무너뜨리고, 오히려 비주류라고 일컬어지는 존재들의 삶에서 우리가 알지 못했던 무엇인가를 찾고자 한다. 심지어 이 시집은 동물의 목소리를 빌려서까지, '인간'이라는 상식적 범주 자체가 얼마나 보잘것없는지 이야기한다.

일반적으로 '파(派)'와 같은 집단의 작동 원리는 다른 집단과 경쟁하고, 다른 집단을 복속시키고, 그리하여 자기 집단을 확대하는 것이다. 하지만 그와 반대로 시집 『신강화학파』 하종오는 '분파'에 주목하였다. 이와 같은 행보는 총체성(totality)이라는 미명 아래서 다양한 현실의 고통들을 고정된 전망(perspective)이나 이론으로 환원하는 것이 아니다. 이러한 측면에서 『신강화학파』 연작은, 한국의 문단에서 여타의 리얼리즘 문학 이론과 '미래파' 담론, 그리고 '문학과 정치' 담론 등이 여태껏 저질러온 일로부터 자유롭다. 전망이나 이론으로 다루어지지 않은 현실의 다양한 측면에 더욱 세밀하게 접근하는 것이야말로 '분파'에 주목하는 하종오식 리얼리즘 고유의 성격이다.

2. 충돌하는 의견들을 직시하고 이해하기

시집 『12분파』는 시간적 배경에 따라 겨울에서 봄으로, 그리고 여름과 가을을 거쳐 다시 겨울을 맞는 사계절의 흐름으로 나눌 수 있다. 이처럼 시인이 섬세하게 짜놓은 시집 구성을 고려하여 우리는 이 시집을 읽을 필요가 있다. 먼저 겨울에서 봄으로 계절이 바뀔 때의 시편들은, '동물'과 같은 타자의 목소리에 어떻게 귀 기울일 수 있는지 고민한다. 농사를 준비하는 초봄의 시편에서, 시인은 인간과 인간의 의견이 충돌하는 상황을 동물의 시선으로 바라보거나, 동물 의견과 인간의 의견이 충돌하는 상황을 그려낸다. 예를 들어 「신강화학파 까치 분파」(이하 시 제목에서 '신강화학파'는 생략)라는 작품을 살펴보자.

이규보 옹에게 문안 여쭈러
길직리 유택을 찾아갔더니
요즘 까치들이 수시로 몰려와서
신강화학파의 언행을 시시콜콜 전하니
마음 편할 날이 없다고 말했다

내가 들은 소문에도
이 마을 저 마을에서
토박이 출신 신강화학파 주류가 덜 뿌리고 더 거두도록
새들을 쫓아내야 한다고 주장할 때마다
외지인 출신 신강화학파 비주류가 더 뿌리고 덜 거두어서

새들을 가까이해야 한다고 주장할 때마다
까치들이 마구 우짖었다는 것이다

작품을 써서 묻어두기 일쑤인 이규보 옹이
허구한 날 시를 발표하는 나를
신강화학파로 여겨서
까치들의 고자질을 앞세워
불편한 심기를 드러내는가 싶다가도
이토록 이규보 옹이 귀를 기울인다면
까치들이 신강화학파를 이룬 게 틀림없다는 생각을 했다

내가 넙성리 조립식주택에 돌아와서
까치들에게 말을 걸어보려고 하는데
나를 거들떠보지도 않고 날아다녔다
　　　　　　　　　　　—「신강화학파 까치 분파」 전문

　이 시의 1연에서 시적 화자는 "이규보 옹에게 문안"을
여쭈러 간다. 고려시대 시인인 이규보를 21세기 시인인 시적
화자와 만나게 하는 놀라운 상상력은 이전 시집 『신강화학
파』에서부터 활용되었다. 이렇게 과거의 시인과 현재의 시인
을 직접 대화하는 관계로 설정한 것은, 구질서와 현세대

간의 차이, 옛날의 시를 쓰는 방식과 현대시를 쓰는 방식 간의 긴장을 효과적으로 형상화한다. 예컨대 위 시에서 이규 보는 "작품을 써서 묻어두기 일쑤인" 반면에, 시적 화자는 "허구한 날 시를 발표하는" 시인이다. 또한 이규보는 '까치들' 이 전하는 소식을 알아듣는 반면에, 시적 화자는 "까치들에게 말을 걸어보려고" 해도 외면당하고 만다. 이러한 이규보와 시적 화자의 간극은, '까치들'이라는 매개체를 중심에 두고, 2연에 나타난 '토박이 출신 신강화학파 주류'와 '외지인 출신 신강화학파 비주류'의 갈등과 구조적으로 짜임새 있게 짝을 이룬다. 다시 말해서 「까치 분파」는, '까치'를 중심축으로 하여, 통시적으로는 '과거 시인'과 '현대 시인'의 대응 관계를, 공시적으로는 '토박이 출신'과 '외지인 출신'의 대응 관계를 설정해놓은 것이다.

이와 같은 구조적 · 형식적 정교함을 통하여, 시인은 강화 도라는 시적 배경을 그저 대한민국의 특정 지역이라는 의미 로부터 확장시킨다. 『신강화학파』연작에서 강화도는 하나 의 섬인 동시에, 통시적 · 공시적으로 여러 현실이 맞물려 얽힌 시공간인 것이다. 자신이 살아가는 지금 여기를 주목하 면서, 거기에 현실의 다양한 국면들을 함축시키는 것은, 하종 오식 리얼리즘이 '아래로부터' 현실을 인식하기에 가능한 시적 성취다.

시인이 수많은 과거 시인들 중에 유독 이규보를 시 속에서 등장시킨 까닭도 이와 마찬가지다. 이규보는 생의 말년에 강화도에서 후학을 양성하며 살다 죽어서 거기 묻혔다. 시인이 현재 살고 있는 곳에서 이규보도 과거에 살았던 것이다. 따라서 시인은 상상력을 통하여, 자신의 터전에 깃든 과거로서 인물들을 작품 속에 소환하고, 그들과 적극적으로 소통하는 가운데 시인이 처해 있는 오늘날의 현실을 낯설고 심층적으로 바라보고자 한다.

1연에서 '까치들'이 시시콜콜 전해서 이규보의 마음을 불편하게 만드는 "신강화학파의 언행"은 2연에서 '토박이 출신'과 '외지인 출신' 간의 갈등으로 밝혀진다. '토박이 출신'들은 농사의 효율성과 수확량을 위하여 새를 쫓아내야 한다고 주장한다. 이와 달리 '외지인 출신'들은 인간과 새 사이의 공존과 상생을 주장한다. 전자의 경우는 아마도 농사를 오랫동안 지어왔기 때문에, 자신의 생계 문제를 중심으로 생각하게 되었을 것이다. 반면 후자의 경우는 상대적으로 생태계 문제를 고려하는 동시에 농업의 어려운 현실을 잘 모르기 때문에 그와 같은 주장을 하게 되었으리라. 이러한 정황에서 '까치'들은 인간에 의하여 쫓아내거나 불러들여야 할 대상으로 규정되는 '새'의 대변인이자 메신저 역할을 한다.

하지만 여기에서 흥미로운 대목은 '까치'가 '새'로서의

자기 권익만 옹호하기 위하여 '외지인 출신'들의 입장만을
편중되게 전하는 것이 아니라, 자신을 내쫓자는 '토박이 출신'
들의 입장도 함께 전한다는 점이다. 2연의 3~4행과 5~6행이
"~가 ~라고 주장할 때마다"와 같이 동일한 통사 구조를
반복하면서 대구(對句)의 방식으로 병치된 것도 이러한 이유
에서다. 이러한 동일한 통사의 반복 및 병치 기법을 통하여,
의견 충돌 중 어느 한쪽의 편을 드는 것이 아니라 그 충돌하는
의견들 모두를 각각 전한다는 '까치'의 속성이 부각되기 때문
이다. '까치'가 충돌하는 의견들 각각을 평등한 관점에서
전달한다는 것은, 3연에 가서 곧 시를 쓴다는 일과 크게
다르지 않다는 사유로 이어진다. 또한 2연의 마지막 행에서
이규보는 '까치'에 대하여 "마구 우짖었다"고 말을 하는데,
이러한 '까치'들의 울음소리는 이규보의 마음을 불편하게
만든다는 측면에서, 3연에서 "허구한 날 시를 발표하는"
시적 화자에 대하여 이규보가 "불편한 심기"를 가진 것과
자연스럽게 호응한다.

　3연을 통하여 시의 독자는, 시적 화자가 "허구한 날 시를
발표하는" 것 또한 '까치'의 "고자질"처럼, 충돌하는 의견들
을 있는 그대로 다른 누군가에게 전달하려는 행위임을 추측
해볼 수 있다. 반면에 이규보가 "작품을 써서 묻어두기 일쑤"
라는 것은, 그가 세상 속에서 충돌하는 의견들을 보았음에도

묵과하는 편임을 의미한다. 이러한 차이가 바로 앞에서 필자가 언급하였던 과거와 현재 간 시작(詩作) 방식의 차이이다. 또한 이는 '토박이 출신'들과 '외지인 출신'들의 간극과 대칭을 이루고 있다.

그러나 '까치'들이 충돌하는 양쪽의 의견들을 공평하게 전달하듯이, 시적 화자도 또한 '까치'들의 울음소리에 대한 이규보의 속마음을 부정적인 동시에 긍정적인 것이 아닐까 헤아려본다. 한마디로 말해서 시적 화자는 이규보라는 타자가 지닌 속마음의 양면성을 파악하려는 것이다. 그러므로 '까치'들과 시적 화자는 세상 또는 사람을 단면적으로 이해하지 않고자 한다는 점에서 닮아 있다.

이처럼 「까치 분파」를 비롯한 『12분파』의 봄 시편들은, 오늘날의 현실을 다양한 의견들의 충돌로 바라본다. 나아가 봄 시편들은 그 의견들 각각을 불편부당(不偏不黨)하게 직시하고 충분하게 이해하려는 것이 올바른 시(詩)의 방향임을 이야기한다. 진정한 민주주의의 원칙이란 무엇인가? 다수결의 원칙이란 여러 사람의 의견을 하나로 정하기 위한 형식이자 제도에 불과하지 않은가? 오히려 의견 충돌 그 자체가 민주주의 아닌가? 사람들은 저마다 다른 생각을 가질 수 있다고 믿으면서, 그렇게 다른 생각을 품게 된 맥락과 이유들을 최대한 이해하고자 노력하는 태도가 참된 의미의 민주주

의일 것이다. 『12분파』의 봄 시편들은 그러한 태도를 인간이
아닌 동물의 목소리까지 빌려 형상화한다.

3. 비주류와 주류의 구분을 넘어

봄 시편 뒤에 놓인 여름 시편은 신강화학파의 조건이
무엇인지를 묻는다. 예컨대 「매미 분파」라는 작품은 신강화
학파에 대하여 "소리 내는 모든 미물들이 시인으로 대접받는
/ 세상을 꿈꾸는" 것이라고 말한다. 또한 「매미 분파의 말」에
서도 '매미'는 "이미 어투도 문장도 낡"은 과거의 시인들이
사라져도 좋다며, 그들과 어울리려는 시적 화자를 강하게
"힐난"한다. 그와 동시에 '매미'는 "요즘 발표되는 현대시"에
대해서도 "자신들보다 치열하게 언어를 / 구사할 줄 모른다
고 빈정"거린다. 하지만 '이규보 옹'이나 '이건창 옹'과 같은
과거의 시인들은 다시 시적 화자를 찾아와 "현대시는 표현이
혼란스럽다느니 / 구조가 복잡하다느니 갑론을박"한다. 현
대시의 표현이 혼란스럽고 구조가 복잡해진 까닭은 결국
"소리 내는 모든 미물들"을 "시인"처럼 "대접"하기 위해서
가 아닐까? 그것이야말로 진정으로 "치열하게 언어를 / 구사"
하는 "현대시"라고 할 수 있지 않을까?

이와 같은 맥락에서 「개미 분파」는 "진정한 신강화학파는 제 길을 가면서도 / 누구나 다 같은 호흡으로 걸음걸음을 걷게 하는" 것이라고 노래한다. "진정한 신강화학파", 즉 진정한 공동체의 구성 원리란, 저마다 자신에게 고유한 삶을 꾸려가면서도, 동시에 남들도 고유한 삶을 살아가도록 배려하는 것이다. 「개구리 분파」 또한 신강화학파의 조건으로서 "미물들과 말 트고 지내는" 것을 중요시한다. 신강화학파는 권위를 세우기 위한 이름이 아니라 철저히 권위를 무너뜨리기 위한 이름. 「개구리 분파와 어법(語法)」이라는 작품에서도 "소위 신강화학파라면 누구에게나 스스럼없는 무리가 되어 / 아무데서나 횡설수설할 줄도 알아야 한다"는 구절이 확인된다. 이는 『12분파』의 봄 시편이 다양한 의견들의 충돌을 있는 그대로 인정하고 이해하고자 하였던 것과 서로 통한다.

이처럼 『12분파』의 여름 시편은 매미나 개미나 개구리 등, 너무나 작고 낮고 하찮게 여겨지는 존재들의 목소리를 빌려온다. 그러한 '미물'들의 목소리는 폐쇄적이고 권위적이고 배타적인 집단에게 경고의 메시지를 보내고 있는 것이다. '신강화학파'란 특정 집단의 이념이나 이데올로기를 주류로 만들고자 하는 것이 아니라, 오히려 특정 집단에 집중된 권력을 끊임없이 해체하고 분배하기 위한 명명의 방식이라

고 할 수 있다. 이러한 측면을 잘 보여주는 작품들 중 하나가
바로 「야화(野話)」이다.

어느 날 나는 이런 야화를 들었다

(중략)
그들 열두 동물들 중에는
알에서 태어난 무리가 가장 많다고 했다
신강화학파 주민들 중에도
알에서 태어난 자들이 있어
어떤 주민들은 왜가리의 알에서 태어났다 해서
왜가리들과 손잡고 허공을 날고
어떤 주민들은 개구리의 알에서 태어났다 해서
개구리들과 너나들이하며 물속에서 놀고
어떤 주민들은 개미의 알에서 태어났다 해서
개미들과 앞서거니 뒤서거니 땅속을 돌아다닌다고 했다
그러다가 알을 깨고 나왔던 때가 생각나면
왜가리들은 날아서 천신(天神)에게 가 하늘을 차지할 수
있기를
왜가리의 알에서 태어난 주민들과 함께 은밀히 날며 빌고
개구리들은 뛰어서 수신(水神)에게 가 물을 차지할 수

있기를

　개구리의 알에서 태어난 주민들과 함께 은밀히 뛰며 빌고
　개미들은 기어서 지신(地神)에게 가 땅을 차지할 수 있기를
　개미의 알에서 태어난 주민들과 함께 은밀히 기며 빈다고
했다

　그러고 나면 왜가리들도 개구리들도 개미들도
　알에서 태어난 주민들도 알을 마음껏 낳게 되지만
　자식들을 낳아 젖을 먹여 키운
　신강화학파 주민들한테서는 홀대를 받는다 했다

　어느 날 나는 이런 야화를 들은 뒤
　신강화학파 중에는 알에서 태어난 무리가 더 있으니
　그들마다 그들만의 신(神)을 찾는다면
　모두 진정한 이단자들이겠다고 생각했다
　　　　　　　　— 「신강화학파 12분파 야화(野話)」 부분

　위에 인용한 시의 처음 1연은 "어느 날 나는 이런 야화를 들었다"라는 하나의 행으로 쓰여 있다. 이는 뒤에 이어질 2연의 내용 전체가 일종의 "야화"임을 함축적으로 뜻한다. 야화란 정설과 대비되는 말이다. 모든 서사는 모종의 욕망을 품고 있다. 예를 들어 정설과 같은 서사는 국가나 사회 등

권력 집단에 의하여 공인된 것이 대부분이다. 권력 집단에 의하여 공인되고 교육되는 서사는, 집단의 질서를 유지·강화하려는 욕망과 관련된다. 그와 달리 야화는 국가나 사회의 질서를 안정시키는 데 무관한 서사이다. 그 속에는 체제의 질서가 배제하거나 은폐하고 싶어 하는 갖가지 욕망들이 들끓고 있다.

위 시의 마지막 연과 연관하여 말하자면, "진정한 이단자들"의 이야기가 바로 야화인 것이다. 「야화」의 2연에서는 『12분파』에 등장하는 열두 동물들 가운데 "알에서 태어난 무리가 가장 많다"는 사실이 제시된다. 이에 그치지 않고 야화는 "신강화학파 주민들" 중에서도 "알에서 태어난 자들이" 있다는 이야기까지 한다. 당혹스러울 정도로 신선한 이 상상력을 과연 어떻게 이해할 수 있을까? 상식적으로 인간이 포유류에 속한다고 한다면, 알에서 태어난 인간은 기존 사회 질서에서 벗어나는 이단자들을 비유하는 것이다.

시적 화자가 들은 야화에 따르면, 신강화학파 주민들은 왜가리 알에서 태어나면 왜가리들과 허공을 날고, 개구리 알에서 태어나면 개구리들과 물속에서 놀고, 개미 알에서 태어나면 개미들과 땅속을 돌아다닌다고 한다. 요컨대 신강화학파 주민들은 자기 자신이 타고난 정체성을 버리지 않고, 거기에 맞춰 스스로에게 알맞은 삶을 향유한다는 것이다.

그런데 하늘과 물과 땅의 족속들은, 제각기 "알을 깨고 나왔던 때가 생각나면" 하늘과 물과 땅을 "차지할 수 있기를" 자신들의 신(神)에게 빈다. 그러한 소망의 행위 속에서 그들은 "알을 마음껏 낳게" 된다고 한다. 이를 바꾸어 해석한다면, 알에서 태어난 족속들은 자신들만의 삶을 향유하는 데 적합한 자신들만의 영역을 차지하려고 한다는 의미가 된다. 그리고 그와 같은 삶에의 적극적 의지는 다시금 족속들로 하여금 또 다른 생명을 낳게 하는 원동력이 될 수 있다. 알에서 태어난, 즉 이단적 존재로서의 신강화학파 주민들 또한 평범한 주류의 존재들과 마찬가지로 자신들만의 삶을 열심히 누리고 싶어 한다는 것이다.

하지만 2연의 마지막 두 행에서 "알에서 태어난 주민들"은, "자식들을 낳아 젖을 먹여 키운 / 신강화학파 주민들한테서는 홀대를 받는다"고 한다. 자식들에게 젖을 먹여 키운 신강화학파 주민들은 평범한 주류의 존재들에 해당한다. 이와 같이 시인은 2연의 마지막 단 두 줄을 통하여, 주류가 비주류를 무시하고 억누르던 인간의 비극적 역사를 암시적으로 포착해낸 것이다. 그럼에도 불구하고 알에서 태어난 이단적 인간은 하늘과 물과 땅에서 거주하며, 그곳의 신들에게 제 뜻을 전할 줄 아는 존재이다. 하늘과 물과 땅은 인간의 삶을 가능케 하는 근원적 터전이다. 또한 천신(天神)과 수신

(水神)과 지신(地神)은 유한한 생명의 개인들보다 훨씬 더 오래되고 신성한 존재이다. 따라서 그러한 터전과 신성함은 이단자들이 지닌 삶에의 권리를 분명하게 보장하는 근거이기도 하다.

시의 마지막 3연에서 시적 화자는 "신강화학과 중에는 알에서 태어난 무리가 더 있으니 / 그들마다 그들의 신(神)을 찾는다면 / 모두 진정한 이단자들이라고 생각"한다. 이러한 사유에는 '모든 생명은 자신의 존재 방식에 따라 자기만의 신을 가지고 있다'는 전제가 깔려 있다. 여기에서 말하는 신이란 결국 이단자와 권력자, 비주류와 주류의 구분과 상관없이, 지금 여기의 뭇 목숨이 향유해야 할 삶에의 의지를 의미하는 것이다.

4. 일과 꿈 사이의 삶

『12분파』의 가을 시편에서는 생계를 위하여 노동하면서 동시에 자족하며 보다 높은 이상을 추구할 줄도 아는 존재들이 등장한다. 이를 통하여 시인은 그러한 행위 모두가 삶에서 중요한 것이라고 생각한다. 예를 들어 「꿀벌 분파와 개미 분파와 나의 행동거지」의 시적 화자는 어떤 주민이 꿀벌과 친하게 지내거나, 어떤 주민이 개미를 싫어하더라도, 오히려 그러한 인간과의 호불호 관계 속에서 꿀벌과 개미 모두 신강화학파로서 활동할 수 있다고 사유한다. 그것은 목숨을 지닌 존재들이 고유하게 살아가는 방식이므로 굳이 "달가워"하거나 애써 "싫어"할 문제가 아니기 때문이다. 누군가와 어울리거나 반목하는 일도 다 생명 활동의 한 가지일 뿐이며 각자가 지닌 "능력"이 발휘되는 측면일 뿐이다.

무위(無爲)란 아무것도 하지 않는 상태를 뜻하는 말이 아니다. 무위란 "저마다 제 할 일"을 하는 것이다. 그러므로 무위는 각자의 목숨을 유지하기 위하여 노동하는 것이며, 어느 정도 목숨을 유지할 정도가 되면 자족할 줄 아는 것이다. "누구라도 배고프면 신강화학파도 할 수 없는 노릇이며 / 무엇이든 신강화학파는 배고프지 않을 만큼만 먹는다(「고라니 분파와 가을걷이」." 자신이 먹고살 만큼만 일하며 만족해야 하는 까닭은 무엇일까? 시인이 생각하기에 모든 생명은 생계 문제를 해결한 뒤에 자기만의 이상을 추구하는 것이다. 현실적인 문제와 이상에의 추구야말로 가장 중요한 존재 방식의 두 가지 형태임을 「신강화학파 까치 분파와 왜가리 분파의 비상(飛翔)」은 아름답게 표현한다.

강화의 마을과 들판에서 잘 살아남는

신강화학파에 끼기 위해
까치들과 왜가리들이 선택한 방법이
제각각 다름을 본다
신강화학파 주민들이 쉴 때면
까치들은 마을 전깃줄에 앉아 깍깍거리고
왜가리들은 들판 논고랑에 서서 왝왝거린다
신강화학파 주민들이 일할 때면
까치들은 마을 전깃줄에 가만히 앉아 있고
왜가리들은 들판 논고랑에 가만히 서 있다
신강화학파 주민들에게
가까워져야 할 때와 멀어져야 할 때를
까치들과 왜가리들이 아는 것이다
그런데도 신강화학파 주민들은 너나없이
까치들과 왜가리들에게 눈길 주지 않는데
두 날개와 두 다리를 가진 무리는
하늘과 땅바닥을 다 누릴 수 있기 때문이라고 한다
이런 신강화학파는 되고 싶지 않은 내가
마을과 들판을 오가면
까치들과 왜가리들이 일제히
땅바닥을 하늘로 끌어올리려고 날아올랐다가
하늘을 땅바닥으로 끌어내리려고 날아내린다

환한 하루, 사방팔방이 한꺼번에 다 보인다
— 「신강화학파 까치 분파와 왜가리 분파의
비상(飛翔)」 전문

　인용한 위 작품에서 '까치'와 '왜가리'가 살아가는 방식은 각기 다른 것으로 묘사된다. 하지만 시의 1~4행에서 시적 화자는 그처럼 다른 두 동물의 존재 방식이 "신강화학파에 끼기" 위한 것이라고 여긴다. 여름 시편을 살펴봄으로써 알 수 있었듯, '신강화학파'란 특정 이념으로 다양한 삶의 방식을 획일화하려는 집단이 아니라, 오히려 다양한 삶의 방식을 끌어안기 위하여 요청되는 진정한 공동체 구성의 원리라고 할 수 있다. 그러므로 시적 화자가 두 동물의 서로 다른 존재 방식을 모두 "신강화학파에 끼기" 위한 것으로 해석한다는 것은, 각기 삶의 모습이 다르더라도 그 모두가 차별 없고 구분 없으며 위계 없는 공동체 속에서 긍정되어야 한다는 인식을 보여주는 것이다.

　시의 5~10행은 '까치'와 '왜가리'가 구체적으로 어떻게 다르게 사는지를 그리고 있는 대목이다. 보다 정확히 말해서 여기에는 두 동물과도 다른 신강화학파 주민들의 존재 방식이 담겨 있다. 5~10행은 다시 신강화학파 주민들이 쉴 때인 5~7행과, 주민들이 일할 때인 8~10행으로 나뉜다. 전자의 경우에서 두 동물들은 마치 쉬고 있는 주민들에게 말이라도 건네는 듯이 자신만의 목소리로 울음을 운다. 후자의 경우에서 두 동물들은 일하는 주민들을 방해하지 말아야겠다는 듯이 자신만의 위치에서 가만히 앉거나 서있다. 두 동물들이 주민들의 노동을 배려하는 것처럼 묘사함으로써, 시인은 노동의 고단함에 대한 따스한 시선을 드러내었다. 11~13행에 제시된 시적 화자의 해석과 같이, "신강화학파 주민들에게 / 가까워져야 할 때와 멀어져야 할 때를 / 까치들과 왜가리들이 아는 것이다."

그런데 시의 14~17행에서 신강화학파 주민들은, 이러한 두 동물들의 배려에 대하여 "눈길"을 돌리지 않고 애써 외면하려고 한다. 왜냐하면 주민들은 "두 날개와 두 다리를 가진 무리"가 "하늘과 땅바닥을 다 누릴 수 있"다고 생각하기 때문이다. '까치'나 '왜가리' 같은 새의 무리와 달리, 인간은 하늘을 날 수 없고 오직 땅바닥에 근근이 붙어 살 수 있을 뿐이다. 특히 이 작품의 시적 배경이 인간의 분주한 노동 현장임을 고려해본다면, 인간이 땅에 붙박여 살아간다는 것은 곧 끝없는 생존 문제를 해결하기 위하여 일해야 하는 인간의 고달픈 운명을 강렬하게 환기한다. 그렇다면 "하늘"을 누린다는 것은 노동해야 하는 인간적 숙명과 대비되어, 보다 높은 이상에의 추구를 의미하는 것이 된다. 신강화학파 주민들은 자신의 꿈을 마음껏 좇지 못한 채 먹고사는 일의 굴레에 허덕여야만 한다. 그러기에 아무리 두 새들이 일하는 주민들에게 살갑게 군다고 하더라도, 새들은 땅바닥뿐만 아니라 하늘까지 누릴 수 있기에 주민들의 시기와 질투를 받을 수 있다.

18~22행에서 시적 화자는 자신의 삶이 그러한 주민들의 삶과 같지 않기를 희망한다. 그러한 희망을 품은 채로 시적 화자가 "마을과 들판을" 오갔다는 구절은, 시적 화자가 "마을"에 사는 '까치'의 삶을 동경하기도 하며, "들판"에 사는 '왜가리'의 삶을 바라기도 하였다는 뜻으로 읽힐 수 있다. 시적 화자의 서성거리는 행위를 통하여, 강마른 지상의 현실에서 벗어나 꿈을 추구하려는 방황의 심리가 핍진하게 묘사되었다.

이러한 시적 화자의 방황에 화답이라도 하듯, '까치'와 '왜가리'는 "땅바닥을 하늘로 끌어올리려고 날아올랐다가 / 하늘을 땅바닥으로 끌어내리려고 날아내린다." 땅바닥을 하늘로 끌어올리고자 하였다는 것은, 두 동물들이 지상의 삶을 천상의 것으로 승화시키고자 하였다는 의미가 된다. 이러한 상상력을 발휘함으로써, 시인은 모든 생명이 먹고사는 일에만 골몰할 수 없으며 언제나 그 이상(以上)의 이상(理想)에 이르고자 하리라는 사유를 드러낸다. 이를 뒤집어

하늘을 땅바닥으로 끌어내리고자 하였다는 것은, 두 동물들이 이상에의 추구를 현실의 차원에 결부시키고자 하였음을 뜻한다. 이는 다시 말해서 모든 생명이 먹고사는 일에만 만족하지 못한 채 꿈을 찾게 된다고 하더라도, 그러한 꿈 또한 현실의 삶 속에 근거를 두어야 한다는 의미이다. 왜냐하면 우리가 꿈을 꾸는 이유도 결국은 그 꿈을 현실 속에서 이루고자 하기 때문이며, 현실을 떠난 꿈은 한낱 꿈에 그치기 때문이다. 이와 같이 놀라운 인식의 확장은, 삶의 이면과 심층까지 두루 통찰할 때 비로소 시적 사유가 얼마나 깊어질 수 있는지를 유감없이 보여준다.

하늘에서의 삶과 땅에서의 삶은 모두가 중요하다. 그 양쪽의 삶을 다 누릴 수 있는 자유가 있으므로 인간은 비로소 인간이 된다. 위 작품의 마지막 23행은 이러한 인식을 끔찍할 만큼 미묘하면서도 아름다운 하나의 문장으로 표현하였다. "환한 하루, 사방팔방이 한꺼번에 다 보인다." 하루란 모든 존재들에게 끊임없이 평등하게 허락되는 생명의 시간이다. 이러한 하루를 시적 화자가 환하게 느끼는 까닭은, 그가 사방팔방을 한꺼번에 다 볼 수 있기 때문이다. 지상의 삶과 천상의 꿈 모두를 삶의 부분들로서 긍정하므로, 시적 화자는 사방팔방을 한꺼번에 볼 수 있는 것이다.

『12분파』의 봄 시편은 충돌하는 의견들을 공평하게 존중

하고, 그 의견들의 맥락을 충분하게 이해하려는 시도였다. 그러기 위하여 여름 시편은 이단자와 같은 비주류의 존재 방식을 긍정하며, 동시에 비주류와 주류의 구분 자체를 허물어트리는 사유를 보여주었다. 이 다음에 위치한 가을 시편은, 비주류와 주류의 구분이 어째서 삶을 향유하려는 의지 앞에서 무의미한지, 그 근거를 탐구한다. 시인은 그 근거를 일과 꿈이라는 삶의 두 축에서 찾아낸다. 모든 생명은 먹고살기 위하여 일을 해야 하는 탓에, 그 방식이 무엇이 되었든 삶을 위한 일은 가치의 높낮이를 갖지 않는다. 또한 모든 생명은 저마다의 꿈을 향하여 나아가고자 하며, 그 꿈은 자신의 온몸을 던질 만한 것이므로, 그러한 꿈을 꾼다는 것만으로도 모든 생명은 긍정되어야 마땅한 존재가 된다.

5. 목숨들은 늘 남과 다르게 살고자 한다

가을 시편이 일과 꿈의 두 축을 중심으로 제각기 다른 삶의 방식을 긍정하는 것이라면, 『12분파』의 겨울 시편은 보다 적극적으로 남들과 다르고 살고자 하는 욕망을 표출한다. 「왜가리 분파와 자세」에서 시적 화자는 신강화학파 주민들에게 "왜가리들의 자세로 서 있느냐"는 의혹마저 받는다.

그것도 그럴 것이 시적 화자는 "요즘 들판에 나가서 / 비행하는 법을 가르쳐 달라고 / 왜가리들에게 조르는 중이다." 왜냐하면 시적 화자는 "땅을 박차고 / 하늘로 날아오르고 싶은 꿈"을 가지고 있기 때문이다. 또한 시적 화자는 "태어난 곳을 일구며 살다가 / 그곳에 죽어 묻히는 / 신강화학파 주민들과는 / 좀 다르게 살고 좀 다르게 죽"고자 한다. 진정한 공동체는 모두가 똑같이 살게 하는 이념을 따르지 않아야 할 것이다. 좋은 시 또한 "좀 다르게 살고 좀 다르게 죽으려"는 삶의 양상을 포착할 필요가 있다.

그러한 시적 화자의 욕망에 대하여 '왜가리'는 "들판을 삶터로 삼고 / 공중을 무덤으로 삼"아야 한다고 "귀띔"한다. 이 두 줄은 감정을 최대한 절제하여 건조하기까지 한 문장이면서, 서늘한 절절함을 담고 있다. "들판"은 먹고사는 일에서 완전히 벗어날 수 없는 운명으로서의 "삶터"이다. 반면 "공중"은 죽어서라도 마침내 도달하고픈 꿈의 "무덤"이라 할 수 있다. 삶을 다하여 일하면서도 꿈에 이르러 죽길 바라는, 그 사람의 마음은 얼마나 처연한가. 그러므로 「왜가리 분파와 자세」는 "신강화학파 주민들과 더는 나눌 / 이야깃거리가 없"다는 시적 화자의 비정한 독백으로 끝을 맺는다.

「들고양이 분파」라는 작품에서도, 세상을 살아가는 그 모든 것들에게 남다른 삶의 방식이 있어야 한다고 시인은 말한다. "내가 탐하는 음식과 시간을 / 탐하지 않는 들고양이들도 / 마땅히 신강화학파로 불러야 한다." 음식과 시간에 대한 욕망은 생명체마다 다를 것이다. 내가 탐하는 음식과 시간은 들고양이가 탐하지 않는 것일 수 있다. 이 시에서 또 한 가지 주목할 점은, 인간이 음식과 시간을 탐한다고 표현되는 반면에 들고양이는 그것들을 탐하지 않는다고 표현된다는 점이다. 인간은 마치 자신이 동물보다 이성적이고 고상한 것처럼 행세하지만, 실은 동물에 비하여 훨씬 탐욕스러운 경우가 많다. 반면에 위 시의 중심적인 존재인 들고양이는, 인간에 의하여 애완용으로 길들여진 집고양이와 달리 야생의 성격을 잃지 않은 동물이다(「야화」라는 작품에서 '야화'가 말 그대로 '들'과 '이야기'의 합성어라는 사실도 이러한 맥락과 같다). 인간의 탐욕에 물들지 않은 야생적·자연적 존재라는 측면에서, 시인은 들고양이가 "음식과 시간"을 "탐하지 않는"다고 표현하였다.

그렇다면 남들과 다르게 사는 일은 『12분파』의 겨울 시편에서 왜 그토록 중요하게 여겨지는가? 남다른 삶은 별다른 까닭도 없이 그 자체로 소중한 것일 뿐인가? 「들개 분파와 들고양이 분파의 뒷담화」와 「붕어 분파와 개구리 분파의 겨우살이」는 다르게 산다는 것이 결코 다름만을 위한 다름에 머무르지는 않는다고 말한다.

먼저 전자의 시에서 '들개'와 '들고양이'는 "인간이라면 결코 알 수 없는 산천초목의 정보를" 자신들이 가지고 있으며, 그 정보는 "자신들이 사방팔방 떠돌아다니며 절로 알게 된" 것이라고 자부한다. (여기에서도 단순한 '개'와 '고양이'가 아니라 '들개'와 '들고양이'가 등장한다는 점을 놓치지 말아야 한다.) 다시 말해서 그 동물들은 인간들이 결코 알 수 없는 정보를 가지고 있으므로, 인간이 자신들의 정보를 얻는다면 큰 도움이 될 것이라는 뜻이다. 그리고 '붕어'와 '개구리' 또한 "자신들은 내년에 일어날 일들"을 미리 알 수 있기 때문에, 인간들이 자신들에게 "고견을 구"해야 한다고 입을 모은다. 주류의 인간이라면 결코 알 수 없는 현실의 다채로운 면면을 소수자, 비주류, 약자는 알 수 있는 일이다. 익숙하게 알지 못한 현실, 낯선 현실, 보다 낮고 작은 현실, 무시되는 현실, 그러한 현실들이 오히려 우리의 삶에 더 중요할 수 있으며, 우리의 삶을 더 풍요롭게 할 수 있다. 이렇게 주장하는 미물의 목소리를 증폭하여 들을 때 우리는 어느덧 신강화학파가 된다.

아래에 인용한 시 「들개 분파와 집개의 첫눈」은 우리가 귀 기울여 듣지 않는 목소리들을 매우 소중하고 세밀하게 보듬는 수작이다. 이 작품에는 봄, 여름, 가을 시편에서 탐색되었던 주제들이 한꺼번에 응축되어 있다. 그렇게 시집 『12

분파』의 세계관을 포괄하면서도, 그 세계관을 쉽게 살아낼
수 없는 인간의 서글픔을 감동적으로 전한다.

　　　옆집 주인이 매일 집을 비워서

　　　집개는 종일 마당에 앉아 있었다

　　　혼자서 심심하고 지겹겠단 생각이

　　　문득 든 찬바람 부는 날,

　　　옆집에서 개소리가 들려 내다보니

　　　들개들이 집개 앞에 서서

　　　뭐라고 뭐라고 떠들고 있었다

　　　가만히 귀를 기울여 들어보니

　　　요지는 단순명료하였다

　　　들개들은 인간의 집을 지켜주지 말고

　　　들로 함께 떠돌자는 것이고

　　　집개는 개답게 살려면

　　　집에 머물러 있어야 한다는 것이었다

　　　들개들의 말에도 집개의 말에도

　　　진심이 담겨 있다는 생각이 들어

　　　한동안 먹먹히 지켜보았다

　　　더 이상 갑론을박하지 않겠다는 듯이

　　　들개들과 집개가 나란히 앉았는데

나와 눈이 딱 마주쳤다
컹컹컹, 모든 개들이 짖으며 날뛰자,
슬슬슬, 첫눈이 흩날렸다
갑자기 내가 마음이 동해
옆집에 가서 목줄을 풀어주니
와락, 집개가 뛰쳐나가자,
펑펑, 함박눈이 쏟아지기 시작했다
들개들이 집개를 뒤따라 뛰어갔고
나는 오래 서 있었다
　　　— 「신강화학파 들개 분파와 집개의 첫눈」 전문

　먼저 제목에서부터 시인이 얼마나 치밀한 의도를 작품에
반영하였는지 드러낸다. '들개'에게는 '분파'라는 용어가 붙
어 있지만, '집개'는 '집개 분파'가 아니라 그저 '집개'라고
쓰였다. 앞에서 우리는 '야화', '들개', '들고양이' 등, '들'의
뜻이 담겨 있는 시어들이 시집 『12분파』의 핵심과 직결되어
있음을 살펴보았다. 그 핵심이란 결국 이단적인 삶, 그리고
비주류와 주류의 구분을 허물고 소통시키는 삶이다. 이와는
대조적으로 '집개'는 자신의 야생성 또는 동물성을 잃어버리
고 인간에게 길들여진 존재라고 하겠다. 따라서 '집개'는
'들개'에 비하여 '신강화학파 분파'라는 호칭과 거리가 있는

것이다.

위 시의 1행에서 7행까지는, 시적 화자가 겨우내 혼자 집을 지켜야 하는 집개의 외로움과 쓸쓸함을 헤아리다가, 어느 날 문득 집개와 들개들의 대화를 듣게 되는 정황이다. 상식적으로 들개들이 집개에게 찾아와서 말을 건다는 정황 자체는 허구이며 환상이다. 그러나 그 이전에는 집개에 대한 시적 화자의 생각이 바탕색처럼 칠해져 있다. 사실 집개가 겨우내 주인이 없는 집을 혼자 지킨다고 해서, 외로워할지 아니면 기꺼워할지는 아무도 모르는 일이다. 그럼에도 불구하고 시적 화자가 집개의 외로움을 상상하는 까닭은, 시적 화자 자신도 외로움에 사무쳐 있는 탓이다. 시적 화자의 상상은 그의 심리적 투사이기 때문에, 이후 전개되는 들개들과 집개의 대화는 시적 화자의 환상이자 그의 심리적 진실이 된다.

8행부터 14행까지에는 들개들과 집개가 나눈 대화의 요지가 진술된다. 한편으로 들개들은 집개에게, 인간의 집을 지켜주지 말고 자신들과 더불어 들판을 떠돌자고 제안한다. 여기에서는 '지키다'와 '떠돌다'라는 두 개의 동사가 의미의 대조를 이루고 있다. 지킨다는 것은 무엇인가를 보존하며, 어딘가에 안주하며, 변화를 달가워하지 않는다는 뜻이다. 반면에 떠돈다는 것은 아무것에도 의존하지 않고, 정해진 목표 지점

없이 방황하며, 기꺼이 낯선 것을 받아들일 준비가 되었다는 뜻이다. 시집 『12분파』에서 지속적으로 제시되었던 '신강화학파 분파'의 지향성에는 '지키기'보다 '떠돌기'가 더 가까운 것이다. 왜냐하면 '신강화학파 분파'는 의견의 충돌을 있는 그대로 이해하는 것이며, 미물들의 목소리마저 주류와 대등하게 경청하는 것이며, 남달리 살고자 하는 것이기 때문이다.

다른 한편으로 집개는 들개들에게, "개답게 살려면 / 집에 머물러 있어야 한다"고 대거리한다. '개답게 산다'는 저 구절은, 일상에 얽매여 사는 우리 인간들에게 깊은 비감을 안겨준다. 우리가 '들판으로 떠돌기'를 꿈꾼다 할지라도, 손쉽게 그 길을 택하지 못하는 까닭은 무엇인가? '인간답게 살기' 위해서, 의식주를 넉넉하게 해결하기 위해서, 편안하게 살기 위해서 그런 것이 아니겠는가? 집개도 이와 같은 이유로 집에 머무르는 편을 선택하였을지도 모른다. 그런데 지금 이 시의 전체적인 정황은 시적 화자의 심리가 투사된 것임을 떠올려보자. 그렇다면 들개들의 '떠돌기'도, 집개의 '지키며 머물기'도, 양쪽 모두 시적 화자의 내면 깊은 자리에 박혀 있는 욕망들인 것이다.

15행부터 17행까지에서 시적 화자는 들개들의 말에도 일리가 있고 집개의 말에도 일리가 있다고 판단한다. 다시 말해서 상이한 의견들이 서로 충돌하더라도, 그 의견들 각각은 다 주장되어야 할 만한 나름의 이유를 가진 것으로 인정되어야 한다는 의미이다. 이는 『12분파』의 봄 시편에서 시인이 밝힌 중심 내용이었다.

마지막으로 18행~28행은 들개들과 집개가 대화를 주고받다가, 자신들을 엿듣는 시적 화자를 발견하면서 벌어지는 사건이다. 들개들과 집개가 시적 화자와 눈을 딱 마주치는 장면은 독자들로 하여금 긴박감과 섬뜩함마저 느끼게 한다. 그때 시적 화자에 대한 들개들과 집개의 반응은 "컹컹컹" 짖으며 날뛰는 것으로 묘사된다. 그전까지 시적 화자는 들개들과 집개 사이의 대화를 인간의 언어로 번역하여 들을 수 있었다. 하지만 그들과 눈이 마주친 이후로 시적 화자는 모든 개들의 소리를 더 이상 인간의 언어로 이해할 수 없게 된다. 왜냐하면 전자에서는 시적 화자와 동물들 사이의 감정이입, 동일시, 심리적 투사가 잘 이루어진 반면에(몰래 엿듣고 있었기 때문에), 후자에서는 그것이 섬뜩함에 의하여 중단되었기 때문이다. 인간의 언어로 알아듣기 어렵도록 "컹컹컹" 짖어대는 개들의 울음소리에, 호응하는 것처럼 하늘에서는 첫눈이 "슬슬슬" 내리기 시작한다.

개들은 왜 눈이 내리면 마구 날뛰며 좋아하는 것일까? 그 이유를 완벽하게 알 수는 없겠지만, 어쩐지 시적 화자는 "마음이 동해" 옆집 개의 목줄을 풀어준다. 그러자 집개는 들개들처럼 들판으로 뛰쳐나간다. "펑펑" 쏟아지는 눈은 아마도 집개가 달아나며 남긴 발자국을 덮을 것이다. 이러한 묘사는 시적 화자가 들판으로 방황하고자 하는 의지를 강하게 내포한다. 이어 시의 마지막 행에서 시적 화자는 그것을 바라보며 "오래" 서 있게 된다. 시적 화자는 들판을 내달리는 개들처럼 자신의 일상으로부터 간편하게 벗어나기 어려울 것이다. 그러면서도 "오래" 개들을 바라보며 서있다는 것은, 시적 화자가 벗어나기 어려운 일상에서 탈출하고자 욕망한다는 의지를 암시하는 뛰어난 마무리이다.

6. 단독성(singularity)이란 무엇인가

지금까지 살펴본 『12분파』의 동물 시편은 어떠한 시적 의의를 지니는가? 나는 그 의의를 단독성(singularity)이라는 개념으로 집약해보고 싶다. 미시적으로 보면 인간의 삶은 학교, 일터, 병원 등으로 둘러 싸여 있으며, 그러한 장치들을 통하여 끊임없이 교육되고, 훈련되고, 분석되는 것이다. 이러한 온갖 규율에 의해 인간은 자신의 삶을 통제받는다. 거시적으로 보면 인간의 삶은 정치와 경제를 통하여 합리적 선택을 강요받는 소비자와 생산자로 살아가게 되어 있다. 우리는 생명의 차원에서 통치되는 것이다. 원래 사회나 국가는 인간이 필요해서 만들어낸 것이리라. 하지만 이 관계가 뒤집어져서, 사회와 국가 등의 집단 질서가 인간으로 하여금 체제의 유지를 위하도록 조종하게 되었다.

하종오 시집 『12분파』 봄 시편에서 더 많은 의견 충돌을 요청한 반면, 전체주의적 집단의 질서는 의견 통제를 원한다. 여름 시편이 진정한 공동체의 조건으로서 비주류와 주류 간의 구분 자체를 무화시키고자 하였다면, 억압적인 국가나 사회는 자기 체제 유지에 도움이 되는 존재들만을 주류로 인정하고자 한다. 가을 시편이 인간의 생존 의지와 이상 추구 양자를 긍정하는 반면에, 천박한 자본주의 메커니즘은 인간의 생계를 볼모로 삼아서 인간으로 하여금 꿈을 버리게 한다. 겨울 시편을 통해 모든 생명이 남들과 다르게 자신만의 고유한 삶을 원하는 것으로 그려졌다면, 반민주적인 체제는 우리에게 튀지 말 것을, 남들과 비슷해질 것을, 평범해질 것을 자꾸만 요구한다.

사람 하나하나를 위해서 집단이 존재하지 않으며, 역으로 집단 자체를 위하여 사람이 자신의 생명력을 소진해야만 하는 상황이 지금 여기다. 이처럼 권력은 언제나 인간을 통제하고 질서지으며 자신의 몸피를 더 단단하고 커다랗게 부풀린다. 이에 따라서 갈수록 사람의 삶은 비슷비슷해지고 평범해져 가고 있다. 그러나 남들처럼 생각하고 남들과 같이 살아간다면, 그것을 과연 나만의 삶이라고 할 수 있을까? 나의 삶이 남들의 삶과 별반 다르지 않다면, 내가 굳이 계속 살아야 할 이유는 과연 어디에 있겠는가? 만약 거짓말과 참말 사이를 구분할 수 있다면, 남이 시켜서 하는 말, 남의 생각을 그대로 따라서 하는 말은 모두 거짓말인 동시에 허위의식이라고 할 수 있다.

그러나 사람들이 아무리 정치와 경제의 제도에 얽매이고 지배 권력의 이데올로기에 맞추어 살더라도, 그렇게 평범해지더라도, 나는 여전히 결코 너와 대체될 수 없다. 아무리 인간들을 지배하는 권력이 강력하더라도, 여전히 나는 너와 다르다. 이러한 대체 불가능성이 단독성이다. 이 단독성이 거짓 아닌 참말이며, 나만의 진실이자, 내 삶을 정당화해줄 수 있는 근거가 된다. 시집 『12분파』에서 말하는 '분파'의 미학, 하종오식 리얼리즘이 찾고자 하는 '리얼한 것'이 바로 단독성이다.

하이데거는 『존재와 시간』의 4장에서 세인(das Man)이라는 용어를 제시한다. 세인은 대중사회 속에 살고 있는 우리의 모습을 가리킨다. 대부분 대충 알고 있는 것 같으면서도 하나도 모르는 사람, 모든 것을 책임지려고 하는 것 같으면서도 하나도 제대로 책임지지 않는 사람을 세인이라고 한다.

하이데거에 따르면 나라는 존재는, 세계 내의 삶 속에서 평균적이고 일상적인 남들(세인)과 구별된 나로서 존재하기 이전에, 그러한 남들 중의 일부로서 존재하기 마련이라고 한다(Martin Heidegger, *Sein und Zeit* §27, Max Niemeyer Verlag Tübingen, 1979, p. 126. 이하 번역은 Martin Heidegger, *Being and Time*, trans. John Macquarrie & Edward Robinson, New York: HarperPerennial, 1962를 판본으로 한 필자의 번역이다). 반면에 세인과 대조적인 인간의 모습으로 하이데거는 '진정한 자기(echte Selbst)'를 말한다. "현존재는 세인 속에 상실되어 있기 때문에, 먼저 자기를 찾지 않으면 안 된다… 본래성을 만회하는 길은 오직 현존재가 세인 속에 상실된 자기를 단독적 자기 자신으로 되돌려오는 것뿐이다(Ibid §54, p. 268)."

그렇다면 단독성은 왜 그토록 중요한 가치가 있는가? 단순히 기존 권력으로부터 벗어나기 위해서, 지배 질서로부터 탈주하기 위해서 필요한가? 그렇지 않다. 탈주를 위한 탈주는 그 자체로 무의미에 지나지 않을 것이며, 위반을 위한 위반은 그 또한 방황에 지나지 않을 것이다. 단독성은 보다 참다운 유토피아(utopia)로 나아가는 방편이기에 시인의 시 속으로 자꾸 들어오는 것이다. 단독성을 지향하지 않는다면 시, 나아가 문학, 더 나아가 예술에는 더 이상 존재의 의의가 없을 것이다. 주류에 포섭되기를 강요받는 비주류의 목소리를 증폭시키고, 나아가 누구나 자신만이 지닌 고유의 꿈을 찾아나서는 공동체가 시집 『신강화학파 12분파』에 나타난 단독성이다. 그리하여 하종오의 이번 시집은 단독성의 문제를 본격적으로 다루고자 하지 않는 오늘날 한국 현대시에 있어서, 진정한 언어 예술의 존재 의의를 증명하는 문제작으로 우리들 앞에 있다.

신강화학파 12분파

초판 1쇄 발행 2016년 6월 23일

지은이 하종오
펴낸이 조기조
펴낸곳 도서출판 b
편 집 김장미 백은주
표 지 테크네
인 쇄 주)상지사P&B

등록 2003년 2월 24일 제12-348호
주소 08772 서울시 관악구 난곡로 288 남진빌딩 401호
전화 02-6293-7070(대) 팩시밀리 02-6293-8080
홈페이지 b-book.co.kr 이메일 bbooks@naver.com

ISBN 979-11-87036-08-1   03810

정가_9,000원